귀문 고등학교
미스터리 사건 일지

귀문 고등학교
미스터리 사건 일지

김동식, 조영주, 정명섭, 정해연, 전건우 지음

차례

프롤로그 / 어느 인터뷰   6

한 발의 총성 · 김동식   13

사이코패스 애리 · 조영주   47

또 하나의 가족 · 정명섭 103

짝 없는 아이 · 정해연 191

기호 3번 실종 사건 · 전건우 245

어느 인터뷰

이 늙은이를 인터뷰해서 뭐 하게? 나는 고리타분한 이야기 말곤 아는 게 없어. 요즘은 그런 말 하는 사람을 꼰대라고 한다며? 뭐, 그런 이야기라도 좋다고? 허허. 희한한 학생들이구먼. 그래 다들 뭐가 그리 궁금한가?

뭐라고? 학교에서 벌어진 이상한 이야기를 해달라고? 이 귀문 고등학교 말인가? 허허. 그거라면 내 전문이지. 나만큼 이 학교를 잘 알고 있는 사람은 없으니까.

어디 보자……. 무슨 이야기부터 할까……. 참! 이 귀문 고등학교가 100년이나 됐다는 건 다들 알고 있겠지? 그러니까 무려

1920년에 학교가 문을 연 거지. 그때가 언젠가 하면……, 그래, 다들 배워서 알겠지만 대한민국 임시정부가 들어선 이듬해야. 그 당시에 우리나라 사람이 직접 학교를 세운다는 건 대단한 일이었지. 일본 놈들 눈치도 봐야 했고 말이야.

그래도 이것 좀 보게, 이렇게 멋들어진 건물을 지었지 않은가. 옛날 서양 건물에 견주어봐도 조금도 뒤지지 않지. 학생들은 모르겠지만 새벽에 출근을 해서 안개에 싸인 학교 건물을 보고 있으면 그렇게 아름다울 수가 없다네. 예스러운 정문하며 반듯한 아치 지붕, 그리고 무엇보다 저 시계탑이 아름다움을 더해주지. 난 말일세, 불편한 걸 없앤답시고 새로 고치고 새로 짓고 하는 걸 반대하는 쪽이야. 그러면 100년을 이어온 이 학교만의 멋스러움이 사라지는 것 같거든.

아이고, 이야기가 딴 데로 샜네. 미안하네.

아무튼 일제강점기 때 세워진 학교이다 보니 각종 사건이 참 많았어. 하루도 그냥 넘어가는 법이 없었지. 학생들 한글 가르친다고 순사들이 칼을 차고 들어온 적도 있었고, 이름만 대면 다 아는 독립운동가가 한동안 숨어 살았던 적도 있었지.

그런데 말일세, 학교가 세워지고 얼마 안 가 비극적인 일이 생겼지. 학교를 세운 김원창이라는 분이 일본 놈들한테 붙잡힌 거야. 죄목이고 뭐고 없었어. 아마 학교까지 세운 그 부자 양반

7

이 일본 놈들 보기에는 눈엣가시였겠지.

그분은 모진 고문을 당하다가 돌아가시고 결국 학교도 뺏겼지. 일본인이 학교를 소유하게 된 거야.

그때부터였어. 이상한 일이 하나둘씩 생기기 시작한 건.

일본인 교장이 모두 죽어 나간 거야. 새로 부임해 올 때마다 죽거나 다쳐서 병신이 되거나 아무튼 그랬다나 봐. 결국 한동안 교장 없이 학교가 굴러갈 때도 있었어. 사람들이 많이 수군거렸지. 억울하게 죽은 김원창의 원혼이 학교를 지키는 거라고.

그런데 원혼이 원혼을 부르는 건지, 아니면 일본인 교장들도 귀신이 되어 학교를 떠돈 건지 모르겠지만 이상한 일은 끝없이 일어났어.

학생들 중에도 많이 죽었다니까! 암, 그런 일이 한두 번이 아니었지. 100년의 역사를 이어오면서 사건 사고 없으면 그게 신기한 일이긴 하겠지만 귀문 고등학교는 확실히 달랐어.

뭐? 직접 본 적이 있냐고? 허허. 그거야 당연하지. 난 누구보다 일찍 학교에 와서 누구보다 늦게까지 남아 있으니까.

어두운 복도에 가만히 서 있는 그림자를 보기도 했고, 겨울이라 창문에 김이 서리면 저절로 글씨가 생기는 걸 보기도 했지. 어디 그뿐인가, 3층 여자 화장실에는……

아닐세. 이 이야기는 그만하도록 하지. 오늘은 다른 이야기를 듣고 싶어서 온 거잖나. 맞아. 미스터리! 그게 신기하고 이상하다는 뜻이지? 나도 여기서 일하면서 어깨 너머로 영어 단어 몇 개는 주워들었지. 허허.

미스터리한 일도 참 많았지. 귀신 말고 사람들 사이의 일들 말일세. 어쩌면 그런 이야기가 더 무서울지도 모르지. 귀신이야 안 만나면 그만인데 사람은 마주칠 수밖에 없잖나.

이 학교에 다니면 각오를 해야 할 거야. 언제 미스터리한 사건이 덮칠지도 모른다는 각오.

내가 실제로 보고 들은 것만 해도 수십 개가 넘지. 암, 그렇고말고.

누가 학교에서 총을 쏜 적도 있었지. 믿을 수 없겠지만 진짜야. 초능력인지 뭔지 기이한 능력을 가진 선생도 있었고, 아주 고약한 성격의 학생이 섬뜩한 일을 저질렀던 적도 있었지 뭔가. 교통사고였나? 아무튼 그런 사고를 파헤치고 다닌 용감한 학생도 있었어. 얼마 전에는 끔찍한 사건이 드러나면서 학교가 발칵 뒤집힌 적도 있었고.

이것들 말고도 정말로 많은 일들이 일어났어. 정말로, 많은 일들이.

학교라는 게 뭔가? 교과서대로 이야기하자면 배움의 터전이잖나. 하지만 학교란 한창 피어나는 젊디젊은 아이들을 가둬두는 곳이기도 해. 이렇게 펄떡펄떡 뛰는 양기를 가둬두면 어떤 일이 생기는지 아는가? 바로 양기가 음기로 바뀌는 거야. 그러니까 학교에서 그리 이상한 일들이 자주 생기는 거야. 귀문 고등학교는 100년 동안 이어졌으니 쌓이고 쌓인 음기가 얼마나 많겠나?

사실 산다는 게 말일세, 온갖 이상한 일들로 가득 차 있긴 한데 이건 아직 젊은 학생들은 모를걸세. 아무튼 나는 이곳에서 일하며 한 가지 철학을 가지게 됐지. 뭐, 난 선생이 아니니 멋진 말로 표현할 길은 없네만…….

이상한 일, 그러니까 미스터리한 일은 어디서든 일어난다. 그건 비가 내리고 해가 뜨고 하는 것처럼 자연스러운 일이니 그냥 받아들여야 한다.

내가 무슨 말 하는지 알겠나?

허허. 아무래도 어려웠나 보군. 그럼 꼰대처럼 떠드는 건 그만하고 학생들이 원하는 이야기를 지금부터 들려주겠네.

이상하면서 오싹하고, 한편으로는 웃기기도 한 이야기가 될 걸세.

학생들 시간은 넉넉한가? 그래, 그래. 그렇다면야 빼지도 않고 더하지도 않고 내가 아는 그대로 말해도 되겠구먼.

아! 그런데 혹시 몰라 그러니 내가 당부 하나만 하겠네. 내 당부를 듣고 여길 나가도 상관없어.

그게 뭣이냐면 이상한 일을 듣는 일 역시 '이상한 일'이 될 수 있다는 거야. 그러니 이걸 듣는 학생들도 여기서 벌어진 수많은 이상한 일에 멀리서나마 개입하게 된다는 거지.

어쩌면 말일세, 아주 재수가 없으면 그 일이 학생에게도 똑같이 벌어질 수 있어.

뭐, 그래도 상관없다면 이야기를 시작하지.

오! 용감하구먼. 아무도 나가질 않으니.

뭐? 질문이 하나 있다고? 뭐든 물어보게.

내가 귀문 고등학교에서 언제부터 수위로 일했는지 그게 궁금하다는 건가? 허허. 별게 다 궁금하군.

글쎄. 나도 잘 기억나지 않는구먼. 하지만 이것만은 분명해. 나는 이곳에서 일어난 모든 일을 봤고, 또 앞으로도 볼 거라는 거. 허허.

한 발의 총성

김동식

쪽지 시험이 한창인 조용한 교실에 사각거리는 필기 소리만이 가득하다.

그때, 고요함을 깨는 어떤 소리가 창밖 먼 곳에서 들려왔다.

'탕-.'

책상에 머리를 묻고 있던 몇몇 학생들의 고개가 일제히 창문으로 향했다.

"어허! 고개 돌아간다~."

선생님의 엄한 말에 학생들은 다시 책상으로 시선을 돌렸다. 하지만, 궁금하다. 무슨 소리였을까? 마치, 총소리 같은 그 소리는.

"뭐~야? 누가 학교에서 총을 쐈다고!"

'김민주'는 펄쩍 뛰었다. 그녀는 학교 신문 동아리의 소문난 리포터이기 때문이다.

같은 신문부이자 같은 반 친구인 '성하나'가 그녀를 진정시키며 말했다.

"아니 아니, 총을 쏜 게 아니라 총소리가 났다고! 아니다, 총소리가 아니라 총소리 같은 게 났다고."

"아무튼! 하필 내가 조퇴했을 때 그런 대박 특종이 일어났다니! 으으!"

"대박 특종은 무슨, 그냥 뭐라도 떨어진 소리였겠지. 설마 그게 진짜 총소리겠니?"

시큰둥한 하나와 달리, 민주는 이미 발동이 걸린 표정이었다.

"진짜든 가짜든, 일단 재밌는 뉴스거리란 게 중요하지! 이미 소문도 돈다며? 뛰어난 기자는 원래 총소리가 아니어도 총소리라고 믿게 만드는 거라고!"

"그게 조작꾼이지 기자냐?"

"원래 기자란 그런 거 아니야? 하하. 일단 그동안 벌어졌던 그 어떤 학교 뉴스보다 재밌잖아. 내가 꼭 대자보로 붙인다. 제목, '학교에서 누가 총을 쏘았는가?'"

하나는 흥분한 민주를 바라보며, 늘 그래 왔듯이 못 말린다는 얼굴로 고개를 저었다.

❋

민주는 소문의 진위를 쫓기 위해 교내 이곳저곳을 돌아다니며 학생들을 인터뷰했다. 그녀는 스마트폰에 실시간으로 녹음과 메모를 함께 했다.

인터뷰 학생 1 총소리? 맞아, 정말 총소리 같긴 했어. 어디 영화 같은 데서 들었던 총성이랑 비슷했던 것 같아. 혹시 뻥튀기 기계 소리 아니었을까? 아니다. 그게 더 말도 안 되나?

인터뷰 학생 2 맞아. 우리 1반 교실에서 가장 크게 들었을 거야. 우리 반 학생들 다 고개가 돌아갔고, 선생님도 창문 쪽으로 가서 한 번 확인하셨거든. 별것 없나 보긴 했지만. 근데 이거 익명으로 나가는 거야? 내 이름 크게 써줘!

인터뷰 학생 3 그러니까 3교시였나? 맞을 거야. 영어 쌤이 또 쪽지 시험을 쳤을 때 일이니까. 짜증 나! 왜 맨날 쪽지 시험이야? 점수 비공개라고 해도 애들끼린 다 안단 말이야. 제발 좀 그만했으면 좋겠어. 어휴. 내 이름 꼭 익명으로 해줘!

인터뷰 학생 4 : 내가 알기로 목격자는 없을걸? 그때 체육 수업이 하나도 없었으니까, 운동장이랑 밖이 다 비어 있었어. 그게 정말로 누가 총을 쏜 소리였다면, 아무도 본 사람은 없었을걸? 근데 그거 총소리 맞아?

인터뷰 학생 5 : 난 그게 총소리라고 확신해. 실제로 그 소리를 듣고 너무 궁금해서 쉬는 시간 종 치자마자 현장으로 달려갔거든!

"뭐? 현장에? 현장이 어딘지 알고 있었어?"

민주는 메모하던 펜을 멈추고 같은 반 남학생 '민상현'을 바라보았다. 그는 허튼소리가 아니라는 얼굴로 고개를 끄덕였다.

"내가 청각이랑 공간지각능력이 좋거든? 창가 자리에서 그 소리가 들렸을 때, 바로 느꼈지. 이 소리는 운동장 쪽이 아니라, 본관 뒤편에서 들린 소리라는 걸!"

"본관 뒤편이면, 재활용 쓰레기장 있는 곳?"

"어. 그래서 종 치자마자 내가 바로 거기로 달려간 거야. 진짜 내가 급식 시간보다 더 빨리 달렸다니까?"

"그래서? 그래서 봤어? 뭐가 있었어?"

민주가 잔뜩 기대하는 얼굴로 물어보자, 상현도 분위기에 맞춰 목소리를 낮췄다.

"놀라지 마. 글쎄, 나보다 먼저 온 애가 이미 있었던 거야."

"아, 진짜?"

"멀어서 자세히 보진 못했는데, 바닥에 쭈그리고 앉아서 무언가를 들고 있는 듯했어. 근데, 멀리서 내가 온 걸 보더니 바로 도망치더라고? 수상하지 않아, 이거?"

"완전 수상하지! 진짜 무언가를 들고 있는 듯했다고? 쭈그리고 앉아서? 그게 누구였어? 남자야, 여자야? 몇 학년이야?"

민주는 상기된 얼굴로 상현의 대답을 기다렸다. 상현은 아쉽다는 듯 고개를 저었다.

"너무 멀어서 못 봤어. 남자였는지 여자였는지도 잘 모르겠네."

"휴으~ 참……. 그걸 못 봤단 말이야? 좀 봤어야지!"

"너무 멀었다니까."

민주는 입맛을 다시며 수첩을 덮었다.

"어쨌든 고마워! 이거 결정적 증언으로 기사에 꼭 쓸게."

"그거 본관 대자보에 가면 볼 수 있어?"

"엉. 대자보에 붙을 거야. 오늘 바로 작업할 테니까 내일 한번 봐봐."

방과 후, 민주는 신문 동아리실로 향했다. 마침 신문부 고문 선생님인 '신예지' 선생님이 안에 있었다. 둥글고 선한 인상의 그녀는 남편이 실제 KBS 기자라서 그쪽 진로 상담을 잘해주는 선생님이었다.

"예지 쌤! 대자보 뉴스 지금 바로 작업할 건데요, 컴퓨터 써도 되죠?"

"갑자기? 뭐 할 건데?"

"어제 학교에서 권총 발사된 것 있잖아요!"

"뭐어?"

예지 선생님은 황당한 얼굴로 민주를 바라보며 고개를 절레절레 저었다. 그래도 그녀는 허락했다.

"너 또 이상한 뉴스 하니? 그래, 알아서 해~."

"헤헤. 고마워요, 쌤."

민주가 아무리 황당한 뉴스를 쓰더라도 예지 선생님은 제지할 생각이 없었다. 그녀는 기본적으로 학생이 의욕적으로 무언가를 하는 걸 장려하는 성향이었다.

민주는 컴퓨터 프로그램을 켜서 익숙한 '대자보 툴'을 연 다음 뉴스를 작성했다. 최상단 제목은 생각할 것도 없이 바로 나왔다.

학고에서 누가 총을 쏘았는가?!

그다음 소제목 역시 강렬한 빨강이었다.

특종! 현장을 떠난 그 학생은 누구인가?

오늘 한 인터뷰를 토대로 민주는 기사를 작성했다. 가장 강조된 것은 민상현의 인터뷰였다. 그가 목격한 장면에 '정체불명의 학생'이라는 명칭을 붙여가며 무언가 그럴듯한 흥미를 유발했다.

뒤에서 작업물을 지켜보던 예지 선생님은 조금 우려했다.

"너무 자극적이지 않니?"

"에이, 이래야 애들이 보죠! 원래 뉴스는 낚시예요. 쌤, 이거 다 썼는데 몇 장까지 뽑아도 돼요?"

"네가 A4 용지 다 거덜 낸다 야. 열 장만 뽑아."

"알겠습니다."

민주는 아쉬워했지만, 1년에 두 번 나오는 신문부 정식 신문이 아니고서는 많이 뽑을 수 없었다.

민주는 곧장 프린트한 대자보 뉴스를 들고 신문부를 나서며 물었다.

"쌤, 바로 붙일게요! 괜찮죠~?"

"그래~. 뛰지 말고!"

"네~. 쌤!"

이미 복도 밖에서 대답한 민주는 곧장 본관 현관으로 향해서 대자보 게시판에 뉴스 한 장을 붙였다. 이어서 별관, 교무실, 급식실, 교문 등에 나머지를 붙였다. 마지막 한 장은 가방에 넣고, 그대로 하교했다.

다음 날, 민주는 어느 정도 기대했던 반응을 확인할 수 있었다. 그녀의 친한 친구들이 묻기도 했고, 어느 선생님에게는 총소리가 뭐냐며 핀잔을 듣기도 했다.

민주는 친구 하나에게 뿌듯한 얼굴로 자랑했다.

"꽤 많이 본 것 같지? 그치?"

"실제로 그 소리를 들은 애들이 많았으니까, 관심이 갔겠지."

"그치? 내가 음모론이 최고로 먹힌다고 했잖아! 오늘도 빡세게 취재해야지."

"아니, 또?"

"그럼! 그 정체불명의 학생을 궁금해하는 독자들이 많았다고! 너도 가자."

"나까지?"

점심시간, 민주는 하나와 상현을 데리고 본관 뒤편으로 향했다. 그리고 상현에게 증언을 재현하게 했다. 상현은 자신이 보았던 정체불명의 학생처럼 바닥에 쭈그려 앉았다.

"이렇게 등지고 고개를 아래로 숙이고 있었어."

"정확히 그 위치에서?"

"어."

"잠깐 사진 찍을게. 그대로 있어 봐."

휴대폰으로 사진을 찍은 뒤, 민주는 둘에게 말했다.

"자~, 이제 찾아보자!"

"뭐? 뭘 찾아?"

하나가 불안하게 묻자 민주가 씩 웃으며 말했다.

"뭐긴! 당연히 총알이지!"

"뭐야?"

"총알만 찾으면 진짜 대박이잖아! 그거 하나 찾으면 TV 뉴스에도 나올 수 있어."

"아~이, 무슨 총알이야? 말도 안 되는 소리 하고 있어!"

하나가 불평했지만, 민주는 팔을 걷어붙였다.

"총알이 아니더라도 그 흔적 비슷한 거라도 찾아보자고~. 그 거 때문에 온 거야, 여기! 상현아, 너도 좀 도와줘."

"뭐, 나까지?"

민주가 대답 대신 마약탐지견처럼 바닥을 쓸어 다니기 시작 하자, 둘도 어쩔 수 없다는 듯 한숨을 쉬며 동참했다.

얼마 지난 뒤, 하나가 허리를 펴며 소리를 질렀다.

"야! 김민주! 네가 찾자고 해놓고 혼자 농땡이 피울래?"

처음에만 찾는 시늉을 하던 민주는, 두 사람이 땡볕에서 땅바 닥을 뒤지는 동안 혼자 벽 그늘에 서 있기만 했다.

"아니 아니, 농땡이가 아니라 총알구멍을 찾고 있었어. 이거 봐! 총알구멍 아니야?"

민주가 손가락으로 가리킨 것은 시멘트 벽의 한 홈이었다. 다 가와서 그것을 본 하나는 인상을 찌푸렸다.

"이게 무슨 총알구멍이야? 그냥 낡은 벽에 자연적으로 파인 홈 같은데."

"총알이 부딪치고 튄 구멍 같기도 하잖아!"

"어휴, 모르겠다. 맘대로 해석해라."

민주는 카메라로 그 홈을 여러 각도에서 찍었다.

방과 후, 민주는 예지 선생님의 허락을 받고 신문 동아리실에 서 대자보 뉴스를 작성했다.

사진 파일을 붙여넣기 하며 신나게 대자보 뉴스를 작성한 민주는 곧장 프린트해서 교내에 붙이러 다녔다. 교무실 쪽에 프린트를 붙일 때, 국어 담당 김 선생님이 보고 핀잔을 던졌다.

"어이구, 너 이상한 음모론 퍼트린다, 또?"

"헤헤. 음모론이 아니라 합리적인 의문이요."

"합리적은 무슨, 우리나라에 총이 어디 흔히 있다고, 총소리가 말이 되냐? 괜히 쓸데없는 이상한 소문으로 분위기 흐리지 말고."

그 순간, 예지 선생님이 불쑥 끼어들었다.

"분위기를 흐리다니요? 학생이 꿈을 위해서 부 활동 열심히 하는데 무슨 말씀이세요, 그게? 응원은 못 해줄망정!"

"아! 아, 넵. 그게, 열심히 하는 거 좋죠. 네. 좋습니다. 민주는 꼭 기자가 될 겁니다."

학교에서 가장 어렸던 김 선생님은 예지 선생님의 날카로운 눈초리에 바로 말이 바뀌며 수그러들었다. 그는 "파이팅!" 하며 민주를 응원했다.

"총소리의 미스터리를 꼭 밝히길 빈다!"

"하하. 감사합니다."

"아, 맞아. 어쩌면 그게 진짜 총소리일지도 모르지. 우리 학교에 총을 가지고 있는 사람이 있거든. 가장 무서운 사람 말야."

의미심장한 김 선생님의 말에, 민주가 곧바로 말했다.

"그거 교장 선생님이죠?"

"어, 엉? 그걸 어떻게 알았어?"

"네? 아 그냥, 학교에서 가장 무서운 사람 하면 교장 선생님이니까요. 그런데,"

한 발 앞으로 나서는 민주의 눈이 빛났다.

"교장 선생님한테 총이 있다고요? 어떻게요?"

"어, 그게, 음."

망설이던 김 선생님은 옆에서 압박하는 예지 선생님의 눈치를 보며 결국 입을 열었다.

"교장 선생님네 집안이 독립군 집안인데, 대대로 내려오던 권총이 하나 있단 말을 얼핏 들었었거든. 소문이라 진짜인지는 잘 모르겠지만 말이다."

"아, 정말요? 교장 선생님한테 총이 있단 말이죠? 그럼 그 소리가 진짜 총소리였을 수도 있단 거네요?"

"있을 수도 있다고! 있을 수도! 어디까지나 소문이야. 아! 이런, 근데 너 이거 뉴스에 내면 안 된다! 내보내려면 절대로 꼭

내 이름 익명으로 하고!"

김 선생님은 뒤늦게 후회하는 얼굴이었지만, 민주의 얼굴은 기대로 가득해 있었다. 당장 내일 할 일이 떠오른 그녀는 예지 선생님에게 말했다.

"쌤! 저 내일 교장 선생님 인터뷰 좀 하면 안 될까요?"

"뭐어? 안 돼! 미쳤어?"

김 선생님은 눈치를 보다가 슬그머니 자리를 피했다. 예지 선생님은 강경한 태도로 절대 안 된다고 말렸지만, 민주가 그녀의 팔에 매달렸다.

"10분만요! 아니면 5분만요! 네? 어떻게 안 될까요? 선생님이랑 같이요!"

"교장 선생님 바쁘셔! 그리고 교장 선생님이 얼마나 무서운 분인지 아니?"

"한가하실 때 잠깐만요! 분명 만나주실 거라고요. 네? 제발 부탁드려요!"

"아으~, 정말!"

곤란한 얼굴로 고민하던 예지 선생님은 곧 작게 한숨을 내쉬었다.

"물어는 볼게."

"감사합니다!"

"물어만 보는 거야. 안 될지도 몰라."

"그래도 감사합니다!"

다음 날, 민주는 등교하자마자 예지 선생님을 찾아갔다. 결과는 이랬다.

"방과 후에 딱 10분만이야."

"선생님, 사랑해요!"

민주는 뽀뽀라도 할 기세로 예지 선생님에게 매달렸다. 좋은 소식은 그것뿐만이 아니었다. 대자보 뉴스의 반응이 교내에 제법 컸던 것이다.

"하나야, 대박이야! 본관 뒤편 벽에 그 홈을 보러 가는 애들이 한둘이 아니었던 거 알아?"

"보고 나서 실망하고 욕한 애들도 한둘이 아니었던 거 알지?"

"흐흐. 내일이 되면 달라질걸? 오늘 내가 대박 인터뷰를 따낼 테니까! 기대해!"

방과 후를 기다리고 기다리던 민주는, 예지 선생님과 함께 교장실로 향했다.

"절대 조용히 해야 하고, 실례되는 질문 하면 안 돼! 알았지?"

"넵. 유머러스하게 풀 거예요. 걱정하지 마세요."

교장실에 도착한 둘은 예지 선생님의 노크로 조심스럽게 진입했다. 백발의 교장 선생님은 특유의 차가운 눈빛과 말투로 둘을 맞이했다.

"어서 오시지요. 저기 앉으십시다."

"아, 감사합니다. 교장 선생님."

두 사람이 소파로 가 앉자, 교장 선생님이 한쪽 구석으로 향했다. 곧바로 민주가 그 등을 향해 음료를 주문하듯 말했다.

"저는 페퍼민트 차요."

긴장하고 있던 예지 선생님은 깜짝 놀라며 민주를 돌아보았다. 어떻게 이렇게 당돌할 수가 있을까!

"민주얏! 너!"

당황하는 예지 선생님과 달리 교장 선생님은 차분했다.

"괜찮습니다. 신 선생님은 무엇으로? 커피나 녹차?"

"아니, 네! 괜찮습니다. 제가 하겠습니다, 교장 선생님!"

"됐습니다. 다 했으니 그냥 계시지요."

안절부절못하던 예지 선생님은 민주의 팔뚝을 치면서 속삭였다.

"너 미쳤어!"

"손님인데 그 정도는 요구할 수 있잖아요."

"어휴, 정말! 페퍼민트 있는 건 또 어떻게 알고 페퍼민트야?"

"그냥 있으면 좋겠다 싶어서요."

예지 선생님은 고개를 절레절레 저었고, 그사이 교장 선생님이 차를 내왔다.

"감사합니다."

교장 선생님이 내민 차를 민주가 한 모금하기도 전에, 교장 선생님은 민주를 향해 쏘아붙였다.

"학생이 학교에서 총소리가 났다며 불안감을 퍼트리고 있다지? 헛소문을 퍼트릴 시간에 공부를 해야 할 텐데 말이야."

"억! 죄송합니다!"

반사적으로 예지 선생님이 사과했지만, 민주는 기죽지 않고 대답했다.

"학생들의 관심이 굉장해서요. 궁금증을 풀어줘야 학생들도 공부를 열심히 하지 않겠어요?"

"쓸데없는 궁금증 같은데."

"쓸 데 있을지도 모르죠. 그래서 말인데, 질문 한 가지만 드려도 될까요?"

"뭔가?"

민주는 단도직입적으로 물었다.

"교장 선생님께 권총이 한 자루 있다는 소문이 있어서요. 그게 사실인가요? 사실이라면 그 총이 이번 사태의 원인일까요?"

"민, 민주야!"

옆에서 예지 선생님이 기겁할 정도로 도발적인 질문이었지만, 교장 선생님의 표정은 변화가 없었다.

"말도 안 되는 헛소문이로군. 경찰도 아닌 교장이 총을 가지고 있을 이유가 뭔가?"

"독립군 집안에 내려오던 총이라고요."

"그런 총이 있었다면 나라에 신고했겠지. 그게 당연한 상식이라고 생각하지 않나?"

교장 선생님의 태연한 말에 민주는 할 말이 없어졌다. 그녀로서도 차마 그 말이 사실이냐는 추궁은 할 수 없었다.

교장 선생님은 이어서 무표정하게 말했지만, 목소리에는 날이 서 있었다.

"그 질문은, 내가 학교에서 총을 쏘기라도 했단 말인가? 불쾌하군."

"그럴 리가요! 죄송합니다!"

예지 선생님은 급하게 사과하며, 민주를 데리고 일어났다. 민주도 얼른 양손을 내저으며 사과한 뒤, 급하게 인사했다.

"오늘 인터뷰 응해주셔서 정말 감사합니다."

"아무튼 난 그 총소리와 전혀 관련이 없네."

"그럼요. 물론이죠! 민주야, 얼른 가자! 그럼, 업무 보세요, 교장 선생님!"

빠르게 교장실을 빠져나가는 두 사람의 뒷모습을 바라보던 교장 선생님의 눈이 차갑게 가라앉았다.

복도 밖으로 나온 예지 선생님은 격한 속삭임으로 민주를 타박했다.

"너 그렇게 질문하는 게 어딨어!"

"죄송해요."

"아유! 정말, 무서워서 혼났네!"

두 사람은 누가 쫓아오는 것도 아닌데, 아주 빠른 걸음으로 교장실에서 멀어졌다.

계단에 들어섰을 때, 민주가 예지 선생님과 갈라지며 말했다.

"저 동아리실 가서 대자보 써도 되죠?"

"어휴 참, 적당히 해! 알았지?"

"넵!"

민주는 곧장 동아리실로 향해서 신문을 작성했다. 같은 대제목 '학교에서 누가 총을 쏘았는가?!' 아래에 교장 선생님과의 인터뷰를 실었다.

교장 선생님이 독립군 집안에서 내려오던 총을 소유하고 있단 소문부터 인터뷰를 통해 사실이 아니란 걸 밝힌 것까지.

영악한 면은, 마지막의 끝맺음 부분이었다.

인터뷰 마지막에 교장 선생님은 이렇게 말했다. "난 그 총소리와 전혀 관련이 없네." 그렇다면, 그 정체 모를 소리가 총소리였단 것은 교장 선생님도 인정하시는 걸까?

그대로 프린트한 민주는 교무실을 제외한 모든 곳에 대자보 뉴스를 붙였다.

다음 날, 그 대자보는 교내에 제법 큰 파문을 일으켰다. 사실 이때까지는 아무도 그게 진짜 총소리라고 믿지 않았지만, 지금은 민주가 의도한 대로 '교장이 총을 쐈다'라는 음모론이 나돌기 시작한 것이다. 제법 이야기가 많았는지, 민주는 교감실로 불려 가기까지 했다.

교감 선생님은 뜯어낸 대자보 뉴스를 손에 들고 흔들며 화를 냈다.

"이게 뭐야! 말도 안 되는 소문으로 교장 선생님을 음해해? 민주 학생 무슨 생각으로 이런 짓을 저지른 거지?"

"죄송합니다."

"하여간에 학생이 감히 교장실에 드나드는 것부터가 문제라니까! 이게 한두 명도 아니고, 선생 선에서 막아야지, 참나!"

고개 숙인 민주는 죄인처럼 죄송하다는 말만 반복했다. 10분이 넘도록 마구잡이로 화내던 교감 선생님의 입에서 부모님 얘기까지 나왔을 때, 예지 선생님이 쳐들어왔다.

"교감 선생님, 민주가 잘못하긴 했어도 이건 너무하세요!"

"뭐라고?"

평소 둥글둥글한 예지 선생님의 낯선 모습에 교감 선생님은 당황했다.

"민주의 꿈이 기자라는 거 모르세요? 꿈을 위해 정진하다 보면 작은 실수도 할 수 있는 건데, 그걸 다시는 못 하게 하겠다느니 부모님 모셔 오라느니, 너무 하신 것 아닌가요?"

"작은 실수가 아니라……."

"교장 선생님도 인터뷰 나가는 것 괜찮다고 하셨단 말이에요! 이 나이 때 하고 싶은 것 다 하게 도와주는 게 우리 교육자의 태도잖아요. 제가 교장 선생님께 가서 말씀드릴게요. 그만하세요."

"허 참……."

교감 선생님은 멋쩍게 머리를 긁으며 말했다.

"그럼 뭐, 그렇게 하세요. 예지 선생님이 잘 선도하셔야 합니다."

"네, 감사합니다, 교감 선생님."

예지 선생님을 따라 교감실을 탈출한 민주는 면목 없이 사과했다.

"죄송해요, 선생님."

그러나 예지 선생님은 웃으며 고개를 저었다.

"괜찮아. 잘했어. 기자는 원래 성역 없이 쓰는 거 아니겠니?"

"선생님."

"앞으로도 기죽지 말고 너 하고 싶은 대로 써."

민주는 진심으로 감동한 얼굴로 예지 선생님을 바라보았다. 곧, 예지 선생님의 표정을 따라 웃어 보인 민주가 의욕적으로 말했다.

"아까 교감 선생님 이야기 듣다 보니까 교장 선생님과 면담한 학생이 저 말고도 또 있는 것 같더라고요. 무슨 일이었을까요?"

"그래? 음. 좋아, 내가 알아봐줄게."

"아! 그래 주실래요? 네. 감사합니다. 선생님!"

●

다음 날 점심시간, 민주를 불러낸 예지 선생님의 말투는 조심스러웠다.

"상담한 학생이 있긴 한데, 누군지는 모르겠네. 근데 그 상담 내용이 아무래도…… 학교폭력 문제인 것 같더구나."

"학교폭력이요?"

민주의 눈이 휘둥그레졌다.

"그럼 뭐…… 뉴스거리는 아니네요. 감사합니다, 선생님."

점심시간이 끝나고 교실로 돌아온 민주는 다음 수업을 위해 책상 서랍으로 손을 넣었다. 한데,

"응? 이게 뭐야?"

책상 서랍 안에 쪽지 하나가 접혀 있었다. 의아하게 주변을 둘러보며 쪽지를 펼쳐본 민주는 순간, 두 눈을 부릅떴다!

교장이 학생에게 권총을 넘겼다.

"뭐야, 이거!"

비명을 지르며 벌떡 일어난 민주는, 자신을 주목하는 주변 친구들에게 물었다.

"혹시 내 자리에 누구 왔었어? 누구 온 거 본 적 있어? 하나야! 내 자리에 누구 왔었어?"

점심시간이라 그런지 누구도 목격자가 없었다. 민주는 하나에게만 조심스럽게 쪽지를 보여주었다. 하나는 조금 놀란 얼굴

로 물었다.

"이게 뭐야? 누구 쪽지야?"

"그걸 몰라! 익명의 제보자라고! 생각해봐. 뭘까? 이 쪽지를 누가 왜, 무엇을 위해서 나한테 보낸 걸까? 생각해봐!"

"글쎄다. 근데 이거 진짜 맞아?"

민주는 심각한 얼굴로 하나에게 말했다.

"들어봐, 하나야. 내 추리는 말이야……."

민주는 같은 추리를 예지 선생님에게도 말했고, 다시 함께 교장실을 방문했다.

"또 자네인가? 중요하지 않은 일로 자꾸만 찾아오는 게 달갑진 않군. 신 선생이 좀 주의를 주었으면 하는데."

"죄, 죄송합니다, 선생님. 민주가 꼭 물어야만 하는 게 있다고 해서요."

"그게 뭔가?"

딱딱한 얼굴로 묻는 교장 선생님에게, 민주가 말했다.

"교장 선생님. 만약 왕따를 당하고 있는 학생이 있다면, 무슨 말을 해주고 싶으신가요?"

교장 선생님은 말없이 민주를 빤히 쳐다보았다. 긴장한 예지 선생님이 침을 꿀꺽 삼킬 때, 교장 선생님이 말했다.

"당하고만 있지 말라고 하겠네."

"감사합니다."

민주는 더는 묻지 않고 그대로 교장실을 나섰다.

밖으로 나와 예지 선생님과 눈빛을 교환한 민주가 비장한 표정으로 물었다.

"선생님. 보셨죠? 그럼 그 내용으로 대자보 뉴스를 써도 되는 거죠?"

"으음……. 그래. 하지만 조심히 써야 해. 알겠지?"

"넵."

예지 선생님의 허락이 떨어진 방과 후, 민주는 한 장의 대자보 뉴스를 작성했다. 그 내용은 이러했다.

오늘 본 기자에게 익명의 제보 쪽지가 도착했다. 그 내용을 확인한 순간 모든 퍼즐이 맞춰지는 한 가지 가정이 떠올랐으므로, 이렇게 지면을 빌려 소개하기로 한다.

사건의 시작은 며칠 전 교내에서 울린 한 발의 총성이다. 그것이 총성이었는지 다른 무언가였는지는 확인할 수 없지만, 본 기자는 취재를 통해 그것이 총성이라고 확신했다.

총기 소지가 불법인 나라에서 어떻게 총성이 울릴 수 있었는가 하면, 한 가지 소문을 들 수 있다. 교장 선생님의 독립군 집안

대대로 내려오던 권총 한 자루가 있다는 소문이다. 교장 선생님은 부인했지만, 혹시 소문이 사실이라면 학교에서 총성이 울리는 일도 충분히 가능하다.

여기서 본 기자가 알아본 한 가지 팩트는, 총성이 울리기 얼마 전에 한 학생이 교장 선생님과 면담을 했다는 사실이다. 그 학생은 학교폭력 문제를 상담한 것으로 알려졌는데, 중요한 점은 그 학생이 더는 읍소하지 않았다는 점이다.

그리고 오늘, 본 기자의 책상 속에 익명의 쪽지 하나가 도착했다. 그 쪽지의 내용은 이러하다.

'교장이 학생에게 권총을 넘겼다.'

우린 교장 선생님의 강직한 성격을 익히 알고 있다. 교장 선생님이 학교폭력 피해자를 만났을 때, 도와주겠다는 말 대신에 스스로 해결하라고 말했을 법도 하다는 것에 공감할 수 있다.

만약 그 쪽지의 내용이 사실이고, 교장 선생님이 권총을 넘긴 학생이 그 학생이라면? 학교폭력 피해를 당하고 있는 학생에게 권총을 넘기며 교장 선생님이 했을 말은 무엇일까?

'도저히 참지 못하겠으면 그 총으로 가해자를 쏴버려라'는 아닐까?

돌아가서, 만약 그렇다면 우린 며칠 전에 울린 그 총성의 비밀을 알 수 있다. 근본적으로 총이 발사되는 목적은 무언가를 맞추기 위함이다. 하지만 총성이 울린 현장에 총알의 목표물은 없었다. 그것은 혹시, 교장 선생님에게서 권총을 받아든 그 학생이 실험해본 결과였기 때문 아닐까? 실제 권총이 아닐 거라고 생각하고 방아쇠를 당긴 그 소리를, 우리 전교생이 들은 게 아닐까?

만약 이 모든 가정이 맞다면, 나는 두 번째 총성이 울리는 것이 두렵다. 첫 총성은 목적이 없었지만, 두 번째 총성은 명백히 목적이 있을 것이기 때문이다.

장문의 대자보 뉴스를 완성한 민주는 그것을 수십 장 프린트해서 집으로 가져갔다. 그리고 다음 날, 새벽같이 등교하여 학교 곳곳에 뉴스를 붙였다. 그 대자보 뉴스는 온 교내를 뒤집어 놓았다.

"세상에! 너 대자보 뉴스 봤어?"

"그래! 진짜 권총이라잖아!"

"와, 대박. 교장이 권총을 넘겼대!"

"학교폭력 피해자라고? 누구지? 진짜일까?"

민주의 교실로 대자보를 본 수많은 학생이 몰려왔다. 다른 반 학생은 물론, 다른 학년들까지 민주를 찾아왔다. 그러나 민주는 그들을 응대할 틈이 없었다. 몇 번이고 교무실로 불려 가야 했기 때문이다.

민주는 침묵으로 일관했고, 예지 선생님이 몇 번이고 민주를 커버했다.

웅성거리는 교내 분위기를 진압하기 위해서라도 선생님들은 학생들에게 헛소리라고 일축했지만, 행동은 말과는 달랐다. 전 학생 대상으로 소지품 검사가 일어난 것이다.

"이거 권총 찾는 거 맞지?"

"그거 아니고 뭐겠어! 이런 거 보면 대자보 내용이 진짠가 봐."

학생들은 더욱 웅성거렸고, 그 와중에 몇몇 학생들의 이름이 거론되었다. 일명 노는 아이들이라고 불리는 몇몇 아이들이었다. 학교폭력의 가해자가 있다면 그들일 것이 분명한 아이들 말이다.

그들은 하나같이 대자보 뉴스를 믿지 않았다.

"개소리하고 있네! 총은 무슨 개뿔. 그리고 내가 뭘 했다고 지랄이야?!"

길길이 날뛰는 그들의 모습에 오히려 그들이 괴롭혔던 학생들이 더욱 위축되는 듯했다. 좀 논다는 아이들 중 몇몇은 민주의 자리를 직접 찾아오기도 했지만, 교무실에 불려 가느라 바쁜 민주는 자리를 계속 비운 채였다. 전 교내의 수많은 학생이 민주의 자리를 찾아왔지만 만나지 못했다.

마지막 정규 수업이 끝날 때쯤에야 민주는 지친 얼굴로 자리에 돌아올 수 있었다.

주변으로 반 아이들이 죄다 몰려들었지만, 민주는 아무 말도 하기 싫다며 피곤해했다. 한데 갑자기, 지쳐 있던 민주의 얼굴이 순식간에 딱딱하게 굳어버렸다. 그녀의 손은 책상 서랍 안으로 들어가 있었다.

주변의 모든 아이가 민주의 이상해진 표정을 주목하고 있을 때, 책상 서랍 안의 손이 천천히 빠져나왔다. 그 손에는 한 장의 사진이 들려 있었다.

학교 정문을 배경으로, 권총을 든 한 손의 사진이.

"꺄아아악!"

누군가의 소름 돋는 비명을 시작으로, 삽시간에 전교로 소문이 퍼져 나갔다. 민주가 굳이 대자보 뉴스를 만들 것도 없이, 그 사진은 전교생이 확인했다. 민주는 같은 반 아이들을 붙잡고 끊임없이 물었다.

"내 자리에 누구누구 왔다 갔어? 어? 내 자리에 누구누구 왔다 갔냐고!"

아무도 몰랐다. 누가 왔다 갔는지, 누가 그 사진을 넣어놓았는지, 지금 그 총을 가지고 있는 학생이 누구인지.

🔹

다음 날, 학교폭력위원회가 열렸다. 학교폭력 방지를 위한 구체적인 방안이 논의되었고, 학교에서 좀 논다는 소리를 듣는 애라면 모두 한 번씩은 교무실로 불려 갔다.

학교폭력 가해 학생들이 권총을 겁내는 것인지 어떤 것인지는 몰라도, 최소한 피해 학생들에게 다가가지는 않았다. 맨날 괴롭히던 아이를 아예 무시하는 것만으로도 괴롭힘 당하던 아이들은 숨통이 트이는 느낌이었다.

그야말로 학교 전체에 대대적인 변화가 이루어지던 그 시각, 민주는 교장 선생님의 부름을 받고 교장실로 향했다.

교장실 문 앞에 선 민주는 혼자서 교장실 문을 두드렸다.

"들어오세요."

안에서 들려오는 차가운 목소리에 민주는 조심스럽게 문을 열고 들어가, 문을 닫았다. 민주는 곧바로 교장 선생님의 책상 앞까지 걸어갔다. 두 사람의 눈이 말없이 마주쳤을 때, 교장 선생님이 말했다.

"고생했어요."

그 말에 민주가 주머니에서 꺼낸 그것,

"여기요, 선생님."

한 정의 '권총'이었다.

"총 쏠 때 무섭지 않았어요?"

민주는 빙긋 웃었다. 그녀가 늘 헤드라인으로 잡았던 제목, '학교에서 누가 권총을 쏘았는가?!'의 범인은 바로 그녀였던 것이다.

"전혀 무섭지 않았어요."

"고생이 많았어요. 고마워요. 학생이 아니었다면 이 모든 일은 불가능했을 거야."

"아니에요. 저도 정말 돕고 싶었어요. 그동안 신문부랍시고 가장 중요한 학교폭력 문제 같은 걸 모른 척하는 자신이 부끄러웠는데, 덕분에 이렇게 한 팔 거들 수 있었는걸요."

이 모든 사태를 설계하고 실행한 두 사람은 빙긋 웃었다.

권총을 조심스럽게 갈무리하는 교장 선생님을 보며 민주가 물었다.

"이제 우리 학교에서 학교폭력은 완전히 사라지겠죠? 선생님들도 제대로 환기했고, 학생들도 모두가 주목하게 됐으니까요."

"그렇다면 좋겠지만……."

교장 선생님은 창밖을 바라보았다.

"길진 않을 겁니다. 민주 학생이 졸업하고, 저도 퇴임하고, 몇 년이 지나고 새로운 학생들이 들어오면 과연……."

교장 선생님의 표정과는 달리, 민주는 자신 있게 웃으며 말했다.

"그땐 다시 교정에 총소리가 울릴 거예요. 한 발의 총성이, 반드시요."

사이코패스 애리

조영주

2020년 7월, 네덜란드 암스테르담

호텔은 1년 전과 변함없었다. 프런트의 무뚝뚝한 분위기도, 기다란 복도와 본래 시멘트였을 주변의 벽을 모두 가린 흰 커튼 역시 여전했다.

해환은 호텔 방에 들어가자마자 긴장이 풀렸다. 침대에 드러누웠다. 혼자 해외여행을 온 건 이번이 처음이었다. 피곤했다. 이대로 자도 좋을 것 같았다. 여독이 풀리려면 한참 시간이 걸릴 것이다. 하지만 이곳에 온 목적을 생각하자면 여유 부릴 틈은 없었다. 해환은 반드시 가야 할 곳이 있었다.

반 고흐 미술관.

열한 시간의 긴 비행으로 지친 몸을 억지로 일으켰다. 작은 가방만 챙겨 바로 방을 나왔다. 구글 앱을 켜고 출발하기 전 몇 번이고 시뮬레이션을 해보았던 '반 고흐 미술관' 가는 길을 다시 찾아보았다. 호텔에서 트램을 타고 세 정거장 가면 반 고흐 미술관이었다.

드디어 만나는구나. 반 고흐.

반 고흐 미술관. 그곳에서 만나고 싶은 그림은 이미 정해져 있었다.

〈자화상〉.

해환은 반 고흐가 그린 자기 자신을 '만나기' 위해 이곳, 네덜란드 암스테르담에 왔다.

2015년 3월, 귀문 고등학교

해환이 애리를 만난 건 어디까지나 우연의 결과였다. 고등학교에 들어가 독일어를 선택해 같은 반이 되고 키가 비슷하다는 이유로 짝꿍이 되어 친구가 되었다. 만약 둘 중 어느 하나라도 우연의 일치가 일어나지 않았다면, 해환은 애리와 친구가 될 수 없었으리라.

둘은 등하교를 같이 하며 자연스레 친구가 됐지만, 애리가 해환을 자신의 집으로 데려가는 일은 없었다. 애리는 다른 동네에 살아서 해환을 초대할 수 없다고 말하곤 했다. 사는 동네가 다르다는 것과 친구 집 방문이 무슨 관계가 있을까, 확실한 상관관계는 알 수 없었지만 애리에게 따지는 법은 없었다. 그 대신이라고 해도 될 만큼 애리는 해환의 집에 자주 드나들었다.

해환은 학교 후문에서 걸어서 5분 거리에 있는 단독주택에 살았다. 애리는 하교할 때마다 해환의 집에 들렀다. 특히 애리가 좋아하는 공간은 해환 아버지의 서재였다. 대학교수였던 해환 아버지의 서재는 다양한 분야의 책들로 가득했다.

아버지는 해환에게 자주 책을 읽으라고 했지만, 해환은 아버지의 말을 늘 귓등으로 흘려들었다. 애리는 그런 해환과 달랐다. 애리는 독서광이었다. 해환과 짝이 된 순간에도 애리는 무언가 읽고 있었고, 해환과 무슨 이야기를 하든지 손에서 책을 놓는 일이 없었다. 그런 애리에게 해환 아버지의 서재는 놀이동산 같았다. 애리는 서재 곳곳을 꼼꼼히 살펴 책이 꽂힌 순서를 알아낸다든가, 신기한 책을 찾아내기 일쑤였다.

4월 말, 『화가 반 고흐 이전의 판 호흐』도 그런 식으로 애리에게 발견됐다. 애리는 두꺼운 노란 책을 발견하고 눈에 띄게 기뻐했다. 책의 겉싸개를 벗기고 속표지를 드러낸 후 해환이 묻지도 않은 이야기를 들려주었다.

"이 속표지는 아를의 풍경이야."

"아를?"

"프랑스 한 지방의 이름이야. 반 고흐는 이곳에 온 후 우리가 아는 유명한 작품들을 그렸어. 파리에 있을 때까지는 완성되지 않았던 화풍이 이곳, 아를에 오는 순간 말 그대로 꽃피었지. 실제로 꽃을 그리기도 했어. 조카의 탄생을 주제로 한 〈아몬드 꽃〉이라든가 〈꽃이 핀 복숭아나무〉라든가. 하지만 〈꽃이 핀 복숭아나무〉는 조금 특별한 사연이 있어. 반 고흐가 이 그림을 완성했을 때 옛 스승의 부고를 듣거든. 고흐는 부고를 듣고 알 수 없는 감정이 치밀어 올랐다고 해. 그래서 탄생을 그린 그림에 묘한 부제를 붙이지. '모브를 기리며'라는."

"너, 반 고흐 참 잘 안다."

"언젠가는 반 고흐를 직접 보고 싶어."

"죽은 사람을 어떻게 봐?"

"그게 아니라 미술관."

"미술관?"

"유럽에 가면 반 고흐의 그림을 질리도록 볼 수 있대. 난 예전부터 생각했어. 반 고흐와 나는 어딘가 통하는 것 같다고."

"통한다고? 어떤 점이?"

"글쎄⋯⋯. 그냥 보면, 느껴져. 무언가 알 것만 같은 게 있어."

해환은 그렇구나 하고 넘겼으나 애리는 진심이었나 보다. 해환이 잊을 즈음 애리는 다시 한번 고흐 이야기를 꺼냈다.

1학년 1학기 중간고사가 끝나던 날의 일이다. 해환은 독일어 시험을 완전히 망쳐버려 기분이 좋지 않았다. 이대로라면 부모님께 한참 잔소리를 들을 게 뻔했다. 바로 집에 돌아가지 않고 학교 운동장 근처 벤치에 드러누웠다.

5월의 높은 하늘, 흰 구름이 몇 개 떠 있었다. 선선히 부는 바람은 심호흡을 바로잡을 여유를 주고도 남았다. 그래서 아마 해환은 품에서 책 한 권을 꺼냈을 것이다.

헤르만 헤세의 『데미안』.

헤르만 헤세의 이름이야 학교에서 공부하며 접했지만 소설을 들고 처음부터 끝까지 읽는 건 이번이 처음이었다. 책장이 쉬이 넘어가지 않았다. 그건 『데미안』의 원전이 독일어로 쓰였다는 사실 탓일 수도 있었다. 해환은 제2외국어로 선택한 독일어에 약했다. 책장 한 장을 넘기는 게 독일어 시험을 치르는 것만큼 고통스럽다고 여길 무렵, 머리 위로 책그늘보다 조금 더 짙은 그림자가 생겼다.

"시험 어땠어?"

애리가 『데미안』 위로 얼굴을 내밀고 있었다.

"꽝이지, 뭐. 너는?"

"나도 뭐 비슷해."

"거짓말."

애리가 시험을 망쳤을 리 없다.

입학하고 얼마 지나지 않아 자연스레 소문이 퍼졌다. 귀문 고등학교에 10년에 한 번 나올까 말까 한 3년 내내 학비 면제 장학생이 1학년에 들어왔다, 그게 해환의 짝꿍 애리라는 이야기였다.

소문대로였다. 애리는 국영수를 비롯해 못하는 과목이 없었다. 심지어 체육도 잘했고, 외모도 남달라 남학생들에게 쉬는 시간이며 점심시간에 자주 불려 나가 고백을 받았다.

"혹시 기억나?"

애리가 말했다.

"나, 너네 집 갔을 때 반 고흐 만나러 가고 싶다고 한 거."

"아, 그런 말 했었지."

"거기에 하나 더 넣으면 어떨까 해."

"뭘 더 넣어?"

"헤세."

"헤세?"

"너 독일어 꽝이라며. 그러니까 우리 헤세 만나러 가자."

"헤세를 만나면 독일어를 잘하게 되는 거냐?"

"몰라, 그건 나도."

애리가 헤헤 소리를 내며 웃었다.

해환은 피식 웃은 후 속으로 생각했다.

지난 4월, 애리가 해환의 집을 찾아와 반 고흐에 대해 이야기한 후, 해환은 반 고흐를 공부했다. 그 결과 반 고흐의 그림을 가장 많이 소유한 '반 고흐 미술관'이 네덜란드 암스테르담에 있다는 사실을 알 수 있었다. 헤세의 집은 어디 있는지 모른다. 하지만 독일어를 했다면 독일 근처가 아닐까. 유럽 지도는 외우지 못해도 독일과 네덜란드가 꽤 떨어져 있는 건 막연히 알 것 같았다. 그런데 그 두 곳을 모두 간다? 반 고흐와 마찬가지로 괜히 하는 말 같았다. 그래서 해환은 애리의 말을 또 적당히 흘려넘기기로 했다.

"뭐, 그러든가."

"그래, 꼭 가는 거야."

이제 해환은 애리를 어느 정도 파악했다. 애리는 해환이 이야기 도중 다른 의견을 내거나 하면 불같이 달려들었다. 해환이 "알았다, 네 말이 옳다."라고 할 때까지 결코 말을 멈추지 않았다. 그래서 적당히 대했건만, 애리가 이번엔 새끼손가락까지 내밀었다.

"뭐야, 이거?"

"약속하자고."

"야, 우리가 무슨 어린애냐?"

고등학교에 들어오면서 해환은 어린애처럼 보이는 걸 질색했다. 유명 브랜드가 아니면 신발도 가방도 들지 않으려 했고, 속옷도 SNS에서 인기를 끄는 것만 입었다. 그런 해환이 새끼손가락을 거는 약속을 하고 싶을 리 없었다.

생각해보면 애리는 다른 애들과 달랐다. 다들 유치하고 어린애 같다고 하는 행동을 아무렇지 않게 했다. 가끔 체육시간 전 체육복으로 갈아입을 때 보면 어린애들이나 입을 법한 캐릭터 속옷을 입고 있었다. 가방이나 신발도 상표를 전혀 신경 쓰지 않아 언젠가는 나이키가 아니라 나이스가 적힌 신발을 신고 와 모두를 웃겼다. 그래도 비웃음은 없었다. 애리는 전교 1등이니까, 10년 만에 나온 귀문 고등학교 3년 학비 면제 장학생이었니까.

사실 이유는 한 가지 더 있었다.

애리의 표정.

누군가 애리를 비웃으면, 애리는 무섭도록 그를 노려봤다.

해환이 그런 애리의 행동을 지적하면 애리는 바로 표정을 바꿨다. 착각이라며 변명했다. 한쪽 눈이 사시라서 노려보는 것처럼 보인다지만 해환은 그 말을 믿을 수 없었다. 그렇다면 왜 애리의 사시는 늘 자신을 비웃는 아이에게만 적용되는가.

"빨리, 약속!"

애리는 해환의 새끼손가락을 억지로 잡아 자신의 새끼손가락에 걸고는 헤헤 웃었다.

"우리 이제 같이 고흐랑 헤세 보러 가는 거다!"

"알았다, 알았어."

2020년 7월, 네덜란드 암스테르담

"반 고흐!"

해환은 트램에 타자마자 외쳤다. 통로 중앙에 앉은 직원은 고개를 끄덕였다. 희한하게도, 암스테르담의 트램에는 버스 직원 상주석이 있었다. 전에 아버지에게 들은 적이 있다. 예전엔 버스를 탈 때마다 티켓을 끊어주는 직업이 있었다. 해환은 이 트램 직원이 그 버스 차장과 비슷한 일을 하는 게 아닐까 싶었다.

외국어는 잘 몰라도 반 고흐는 만국 공용어였다. 직원은 무뚝뚝한 표정으로 티켓을 끊은 후 해환에게 내밀더니, 해환도 알아들을 법한 영어로 말했다.

"쓰리 스탑. 반 고흐."

덕분에 해환은 무사히 목적지에 도착할 수 있었다.

트램에서 내린 해환의 눈에 가장 먼저 보인 것은 하이네켄 박물관이었다. 작년 가족과 함께 온 패키지 여행 때 해환은 저곳에 들러 원 없이 맥주를 마셨다. 그때 인솔자는 창밖을 가리키며 말했다. 저 너머 보이는 게 미술관 광장이다. 그곳에 반 고흐 미술관도 있다. 해환은 하이네켄의 맥주 맛보다 반 고흐 미술관의 위치에 더 주의를 기울였다.

암스테르담에는 차보다 자전거가 많았다. 해환은 빠르게 달리는 자전거 떼를 피해 길을 건넜다. 거대한 국립미술관을 통과하자 넓은 광장이 나왔다. 이곳 주변을 채운 미술관 건물 중 해환의 눈에 가장 먼저 띈 것은 모코 미술관이었다.

모코 미술관에는 뱅크시를 시작으로 데미안 허스트와 쿠사마 야요이 등 해환이 좋아하는 현대 미술가의 작품들이 한 자리에 모여 있었다. 작년에 못 간 곳 중 한 곳이기도 했다.

마음 같아선 당장 모코 미술관에 들어가고 싶었으나, 가까스로 참았다. 이번 여행의 목표는 지난번에 들르지 못한 '반 고흐'였으니까.

모코 미술관을 끼고 좌편으로 돌자 곧 눈에 익은 그림이 그려진 건물이 나타났다. 건물 측면에 낯익은 해바라기가 그려진

이 건물이 바로 목적지인 반 고흐 미술관이었다.

2016년 4월, 귀문 고등학교

2학년에 올라간 해환과 애리는 각기 다른 반이 되었다. 애리
는 3반, 해환은 4반이었다.

해환은 슬슬 애리가 어떤 사람인지 알 것 같았다.

애리는 제대로 된 대화가 불가능한 아이였다. 책이나 그림,
자신이 좋아하는 것들에 대해서는 밑도 끝도 없이 이야기를 쏟
아내면서도 자기 자신에 대한 이야기는 전혀 하지 않았다. 집이
정확히 다른 동네 어딘지, 부모님은 무엇을 하는지, 형제나 자
매가 있는지는 물론이고 반려동물은 키우는지 등등, 아무리 물
어봐도 모호하게 대답을 피할 뿐이었다.

해환은 애리의 신비주의가 지겨웠다. 그래서 반이 바뀌자마
자 새로 사귄 친구에게 푹 빠진 것인지도 몰랐다.

새 친구의 이름은 윤정이었다. 윤정은 같은 동네, 해환의 단
독주택에서 걸어서 5분 거리에 있는 아파트에 살았다. 윤정은
친해지고 얼마 후 자신의 집에 해환을 초대했고 이날, 해환은
윤정의 가족과 저녁도 함께 먹었다. 이런 윤정과 애리가 동시에

집에 가자고 말한다면, 둘 중 한 명을 골라야 하는 상황이라면, 해환은 당연히 윤정을 선택할 수밖에 없었다.

처음 윤정과 등하교를 함께 하게 되었을 무렵, 해환은 늘 애리에게 함께 가지 못해 미안하다고 먼저 양해를 구했으나, 얼마 지나지 않아 해환은 그런 일조차 그만두었다. 윤정이 해환에게 이 말을 한 이후였다.

"너는 애리 없이는 아무것도 못하는구나?"

"무슨 소리야? 내가 왜?"

"너, 애리 허락이 없으면 화장실도 안 가잖아."

윤정의 말을 듣고 보니 그랬다. 해환은 화장실에 갈 때면 버릇처럼 3반에 들렀다. 애리에게 화장실을 함께 가겠냐고 물었고, 애리가 간다고 하면 같이 가거나 아니면 혼자 갔다. 등하교 역시 마찬가지. 애리에게 늘 먼저 윤정과 함께 집을 갈 건데 같이 가겠냐고 물었다. 생각해보니 반대의 경우는 없었다. 애리가 먼저 와서 화장실에 가자고 하는 일도, 함께 하교하자고 청하는 일도 없었다.

해환은 자신의 행동을 돌이켰다. 애리가 매일같이 해환과 붙어 다니고 지나치게 말을 퍼붓는 건 애리에게 쩔쩔매는 자기 자신에게도 원인이 있는 것 같았다. 그래서 해환은 이 지적을 받은 후, 더는 애리에게 먼저 다가가지 않기로 했다. 그랬더니 서서히 교류가 끊겼다.

해환이 3반을 찾지 않자 애리가 4반에 오기는 했다. 애리는 쉬는 시간마다 4반 앞문이나 뒷문 근처를 어슬렁거렸다. 하지만 먼저 주변에 말을 걸어 해환을 불러내지는 않았다. 우연히 해환과 눈이 마주치면 재빠르게 손짓을 해서 아는 체를 할 뿐이었다. 문제는 이렇게 눈이 마주쳐 해환이 복도로 나온 후, 애리의 반응이었다.

애리는 해환에게 말을 한참 쏟아 부었다. 3분이고 5분이고 끝도 없이 이야기를 하는 애리를 보자면 뭔가에 홀린 사람 같았다. 해환은 그런 애리가 더더욱 부담스러워졌다. 언제부턴가는 애리가 문 근처를 어슬렁거려도 쳐다보지도 않게 되었다.

일주일이 지난 어느 날의 일이다. 평소와 다름없이 윤정과 함께 후문을 나서던 해환은 갑자기 온몸에 소름에 돋았다. 정확히 표현할 수 없는 서늘함이 등 뒤를 타고 올랐다. 이상한 기분이 들어 윤정의 손을 잡은 채 고개를 홱 돌려 뒤를 돌아보았지만, 그곳엔 아무것도 없었다. 반쯤 닫힌 철제 후문 뒤로 낯익은 귀문 고등학교 운동장이 보일 뿐이었다.

하지만 해환은 이 느낌을 알고 있었다. 애리의 눈. 자신은 사시라 우기는 그 기묘한 표정이 함께 떠올랐다.

이날의 기분은 이후 윤정과 하교할 때마다 반복됐다.

2020년 7월 네덜란드 암스테르담

해환은 반 고흐를 별로 좋아하지 않았다. 애리 사건 탓이기도 했고, 인터넷이나 교과서 등으로 볼 때 임팩트가 거의 없었던 탓이기도 했다. 그런데 직접 보니 왜 그토록 애리가 반 고흐를 보고 싶다고 했는지, 정확히 말하자면 '만나고' 싶다고 했는지 알 것 같았다.

구글에서 반 고흐 미술관을 검색했을 때, 해환은 이런 문장을 발견했었다.

"네덜란드 암스테르담의 반 고흐 미술관은 반 고흐 작품을 세계에서 가장 많이 소장하고 있다."

휴대폰으로, 컴퓨터 모니터로 이런 설명을 봤을 때엔 별다른 감흥이 없었지만 직접 와서 실물을 보니 감회가 남달랐다.

미술관 1층에 가득한 반 고흐의 자화상. 지나치게 생생한 반 고흐 사이에 선 해환은 100년 전 사람을 만난 듯한 기이한 현실감에 사로잡혔다. 그래서 해환은 자꾸 혼잣말을 중얼거렸다.

"대체 반 고흐는 무슨 생각으로 이런 자화상들을 연달아 그렸을까. 왜 그릴 수밖에 없었을까."

해환의 혼잣말은 문제의 그림, 고갱이 떠난 후 귀를 자른 반 고흐의 자화상에서 최고조에 이르렀다.

수많은 사람들이 해환과 붕대를 칭칭 감은 반 고흐의 자화상 주변에 서 있었다. 세계 곳곳에서 온 사람들은 각자의 언어로 웅성거리며, 각자의 언어로 된 오디오 가이드에 귀를 기울이며 반 고흐를 보고 있었다.

하지만 해환은 아무것도 들리지 않았다. 아무것도 보이지 않았다. 오직 이 순간, 해환에게 보인 것은 붕대로 얼굴을 칭칭 동여맨 반 고흐뿐이었다. 눈앞의 반 고흐와 꼭 같은 모습으로 나타난 애리를 보았을 때로 돌아간 듯 해환은 꼼짝도 할 수 없었다.

2016년 4월, 해환의 집

4월 말, 해환의 영어 과외가 있는 날이었다. 일주일 후로 다가온 1학기 중간고사 대비로 오늘까지 단어를 300개 외워야 했다.

떵동.

한참 영어 단어를 외우는데 현관 벨을 누르는 소리가 났다.

이상한 일이었다. 과외 선생님이 오려면 앞으로 세 시간은 더 남아 있었다. 부모님은 오늘 부부 동반 외식을 하느라 늦으신댔다. 그런데 대체 누가 찾아왔을까.

해환은 암기하던 것을 멈추고 현관으로 다가갔다. 인터폰으로 바깥을 확인하니 그곳에 교복을 입은 애리가 서 있었다. 해환은 휴대폰으로 시간을 확인했다. 하교한 지 두 시간이 지나 밖은 이미 어두웠다. 그런데 애리는 여전히 교복을 입고 있었다.

왜 애리는 아직도 교복이지? 왜 이런 시간에 갑자기 찾아왔지?

가장 먼저 든 기분은 꺼림칙함이었다. 상대하고 싶지 않다는 기분이 크게 들었지만, 일단 애리를 만나기로 했다.

지난 한 달간, 해환은 하교할 때마다 이상한 시선을 느꼈다.

누군가 주시하는 기분.

해환은 윤정에게 이 일을 의논했다. 그랬더니 윤정은 전혀 느낀 게 없다고, 해환의 기분 탓인 것 같다고 말했다. 윤정의 말에 해환은 곧 고3이 되니 예민해진 탓이라고 생각하면서도 한편으로는 찝찝했다.

역시 애리가 아닐까.

애리가 어디선가 날 주시하는 건 아닐까.

그게 아니라면 원인은 죄책감일 것이다. 1년간 가장 친했던 애리를 무시했다는 죄책감으로 누군가 자길 훔쳐본다는 기분에 휩싸였을 것이리라.

이런 상황에서 애리가 찾아왔으니 무시할 수 없었다. 친절하게 대해 죄책감을 덜고, 문제의 시선에서 벗어나고 싶었다.

해환은 슬리퍼를 신고 집 밖으로 나갔다. 환하게 웃으며 애리를 맞았다.

"애리? 이 시간에 무슨 일이야?"

"밤늦게 귀찮게 해서 미안해. 네가 좋아할 것 같은 책을 한 권 가지고 오느라."

애리는 그렇게 말하며 가방에서 책 한 권을 꺼냈다. 얼핏 보아도 상당히 오래된 책이었다.

"『젊은 베르테르의 슬픔』이라는 괴테의 책이야. 전에 왜 이야기한 적 있잖아. 고흐랑 헤세 만나러 가자고. 고흐는 네덜란드 암스테르담, 헤세는 이탈리아 루가노. 그래서 내 생각인데 그사이에 독일 프랑크푸르트에 있는 괴테 하우스를 넣으면 어떨까 해. 그렇게 하면 동선이 맞거든. 어떻게 생각해?"

해환은 웃는 얼굴이 점점 굳어가는 걸 느꼈다. 예전, 유럽 여행 이야기를 하긴 했었다. 하지만 이렇게 늦게 갑자기 찾아와서 꺼내야 할 이야기일까? 그것도 거의 대화도 나누지 않다가 한 달 만에?

꺼림칙한 기분이 더 커졌다. 그 기분은 애리의 표정 탓일 수도 있었다. 애리는 눈을 동그랗게 뜨고 해환을 뚫어져라 쳐다보고 있었다.

그 눈이 낯익었다.

역시 이 눈이다. 지난 한 달간 느꼈던 그 시선은 이거다.

마음 같아서는 자신의 뒤를 쫓아왔냐고, 다시는 그런 짓 하지 말라고 말하고 싶었지만 할 수 없었다.

만약 애리가 정말 자신의 뒤를 밟아왔다면, 하지 말라고 해도 들을까? 오히려 더 이상한 짓을 하지 않을까?

생각해보면 애리는 자기 말을 적당히 들어주는 체하면 늘 만족했다. 이번에도 그러는 편이 나을 것 같았다.

해환은 심호흡을 크게 했다. 하고 싶은 말을 꾹 참고 애리가 건넨 책을 받으며 말했다.

"고마워. 책 보고 꼭 감상 이야기할게."

"정말? 그럼 나 너네 집에 들어가서 같이……."

"그건 좀 곤란해. 오늘 영어 과외가 있어."

"아, 너 과외 해? 예전엔 안 했잖아……."

"얼마 전에 시작했어."

"왜 나한테는 말 안 했어? 그건 내가 가장 먼저 알아야 하는 거 아냐?"

"조금, 바빠서."

"윤정이랑 다니느라? 너 요즘 걔랑 찰싹 붙어 다니잖아? 절친이라도 된 거니?"

대체 내가 왜 이런 말을 들어야 하지.

해환은 짜증이 치밀어 올랐다. 적당히 상대하고 보내자는 생각을 했던 걸 잊고 결국 쏘아붙이고 말았다.

"그게 너랑 무슨 상관인데?"

아차.

늦었다고 생각했지만 애리의 표정이 달라졌다. 아까보다 더욱 눈에 힘을 주고 해환을 가만히 노려보았다.

"고흐는 귀를 잘랐어."

애리가 잠시 뜸을 들이는가 싶더니 말했다.

"고갱이 자신을 버리자 충격을 받아서 고흐는 귀를 잘랐다고. 너도 날 버릴 거니?"

"갑자기 무슨 소리야? 누가 누굴 버려?"

해환은 이제라도 적당히 넘기려고 했지만, 애리는 굳은 표정을 풀지 않았다. 오히려 해환의 양손을 꼭 잡으며 말했다.

"그렇지? 안 버릴 거지? 나랑 약속, 지킬 거지? 같이 고흐 보러 갈 거지? 헤세 보러 갈 거지? 우리 절친 맞지?"

애리는 표정이 달라졌다. 방금 전까지 화를 내더니 이젠 웃고 있었다.

어떻게 이렇게 빠르게 표정이 바뀔 수 있지? 아까 그건 그럼 뭐야?

"나, 이, 이만 들어갈게. 너, 너도 집에 가."

해환은 겁에 질렸다. 일방적으로 인사한 후 소리 나게 대문을 닫았다. 자신의 행동이 예의에 어긋났다는 건 알았지만 애리에 대한 두려움은 그보다 훨씬 컸다.

정원을 가로지른 후 현관문 앞에 섰다. 문을 닫고 집 안으로 들어가며 슬쩍 뒤를 돌아보았다. 애리는 미동도 하지 않고 그 자리에 그대로 서서 해환을 노려보고 있었다. 해환은 그런 애리와 눈을 마주치고는 흠칫 몸을 떤 후 소리 나게 현관문을 닫았다.

방에 들어온 후로도 3분, 5분 간격으로 창밖을 내다봤다. 어느 순간 애리가 사라지는 것을 목격할 수 있었다. 하지만 해환은 그 후로도 계속 규칙적으로 창밖을 내다보았다. 애리는 보이지 않았지만 신경이 쓰여 참을 수 없었다. 그러자니 애리가 준 책도 왠지 싫어졌다.

생각해보니 예의가 없는 행동 같았다. 새 책도 아니고 헌 책을 선물로 주다니, 왜?

마음 같아서는 당장 책을 갖다 버리고 싶었다. 하지만 만에 하나 들켰다가는 아버지에게 혼쭐이 날 게 뻔했다. 작년, 고등학교에 진학하며 초등학교 시절 썼던 교과서를 버리려고 했다가 "책은 버리는 물건이 아니다."라며 아버지에게 한참 잔소리를 들어야 했다. 해환은 책을 들고 아버지의 서재로 갔다. 구석에 책을 꽂아두고 방으로 돌아왔다.

결국 이날 해환은 영이 단어 암기에 실패했다. 넉분에 과외 선생님께 잔뜩 혼이 났다. 부모님 귀에도 이 사실이 들어가는 바람에 새벽 두 시까지 영어 단어를 외워야 했다. 그래도 그런 것쯤 아무렇지 않았다. 머릿속엔 애리 생각뿐이었다.

갑작스레 찾아온 애리. 게다가 해환이 자신의 '허락'을 맡지 않고 영어 과외를 하자 불쾌해한 애리. 그러다가 아무렇지 않게 표정을 바꿔 웃은 애리.

아무리 생각해도 애리는 이상하다.

역시 이대로는 못 참겠다.

절교다.

중학교 때까지는 친구들끼리 농담으로 "우리 절교야!" 같은 말을 했었다. 그렇게 절교를 했다가, 엉엉 울며 "우린 역시 친구야!"를 외친 일도 많았다. 이젠 고등학생이니까 그럴 일은 없을 줄 알았다. 절교란 말은 너무 유치하지 않은가. 하지만 어제 애리의 행동은 도를 넘었다.

해환은 등교하자마자 책상에 가방을 놓고 3반에 갔다. 애리를 불러달라고 부탁했다. 희한하게도 애리가 등교 전이었다. 별일이었다. 1학년 내내 애리는 단 한 번도 1등 등교를 놓치지 않았다. 해환이 학교에 올 무렵이면 언제나 혼자 예습을 하고 있었다. 그런 애리의 등교가 늦는다. 해환은 이상하다고 여기면서도 일단 자신이 왔다 간 사실을 알려달라고 부탁한 후, 4반으로 돌아갔다. 해환이 자신을 찾은 걸 알면 곧 애리가 문 근처에서 얼쩡거리겠거니 했다. 그런데 애리는 해환이 전혀 예상치 못한 방법으로 자신의 등장을 알렸다.

0교시 시작 10분 전, 복도에서 웅성거림이 터졌다. 몇몇 아이들이 놀란 얼굴로 반에 들어왔다. 그중에는 "3반 서애리 다쳤나봐."를 반복하는 애들도 있었다.

해환은 뒷문으로 다가갔다. 어젯밤, 애리가 갑작스레 찾아왔을 때만큼이나 안 좋은 기분이 들었다. 복도 쪽으로 얼굴을 살짝 내밀었다가 애리를 발견했다.

애리는 평소와 다름없이 담담했다. 초롱초롱하다 못해 가끔 번뜩이는 두 눈도, 깔끔한 단발머리도, 잘 다린 교복도 여전했다. 하지만 단 하나, 눈에 띄는 확 달라진 모습이 있었다.

애리는 얼굴에 붕대를 감고 있었다. 정수리에서 시작해 턱을 지나쳐 머리 전체를 한 바퀴 휘휘 두른 붕대. 그 붕대를 감은 모습은 해환에게 한 장의 그림을 떠올리게 하고도 남았다.

반 고흐의 〈자화상〉. 정확히는, 반 고흐가 자신의 귀를 자른 후 그렸다는 자화상이었다.

해환의 머릿속에 어젯밤 애리가 들려줬던 이야기가 맴돌았다.

고흐는 귀를 잘랐어.

고갱이 자신을 버리자 충격을 받아서 고흐는 귀를 잘랐다고.

2020년 7월, 네덜란드 암스테르담

누군가 해환의 뺨을 때렸다. 정신을 차려보니 경비원이 해환을 내려다보며 무어라 말하고 있었다. 해환은 처음엔 그의 말을 잘 이해하지 못했다가 5분쯤 지나서야 알아들었다.

어디 아파? 갑자기 쓰러졌는데 괜찮아?

경비원은 해환을 진심으로 걱정하는 듯 한참 빠르게 영어로 무어라 설명했고, 해환은 몇 번이고 "쏘리."를 반복하며 경청한 덕에, 경비원의 이야기를 이해할 수 있었다.

고흐를 감상하다 쓰러진 게 네가 처음은 아니야. 가끔 여기에 온 사람들은 너처럼 쓰러지곤 해.

해환은 경비원의 말에 이곳에 왔을 또 한 명, 반드시 쓰러졌을 것 같은 얼굴을 떠올릴 수밖에 없었다.

애리.

애리 역시 이곳에서 쓰러지지 않았을까. 고흐를 만나, 그의 그림에 압도당해, 이곳에 쓰러져 한참 그를 올려다보지 않았을까.

해환은 혹시나 하는 마음으로 휴대폰을 꺼냈다. 5년 전, 애리와 함께 찍었던 단 한 장의 사진을 보이며 경비원에게 물었다.

"두 유 노우 허?"

경비원은 약간 당황한 표정을 지으며 고개를 젓더니 함께 가자고 손짓했다. 해환은 경비원을 따라 안내데스크로 이동했다. 안내데스크의 사람들은 해환의 휴대폰에 있는 사진을 보며 빠르게 계속 떠들었고, 얼마 지나지 않아 더 많은 사람들이 모여들었다.

그렇게까지 할 필요는 없는데.

해환은 좀 쑥스러웠다. 혹시나 하는 마음으로 물어봤을 뿐이었다. 그런데 이렇게까지 열심히 찾아주려고 하다니, 은근히 기대가 되기 시작했다.

그래, 어쩌면 이곳에서 애리를 목격한 사람을 발견할 수 있을지도 모른다.

30분쯤 지났을까, 보이는 직원마다 모두 해환의 휴대폰을 들여다본 것 같았다. 하지만 해환이 바라는 대답은 돌아오지 않았다. 대신, 뜻밖의 이야기를 하나 들을 수 있었다.

"크뢸러 뮐러. 반 고흐."

"크뢸러 뮐러, 반 고흐?"

해환은 한 직원의 말을 듣고 재빨리 구글에 문제의 이름을 검색해봤다.

그리고 찾아냈다.

또 한 곳, 네덜란드에 반 고흐가 전시된 장소를. 어쩌면, 4년 전 종적을 감춘 애리가 갔을지도 모를 또 다른 곳을.

2016년 5월, 귀문 고등학교

애리가 해환을 발견했다. 성큼성큼 다가오더니 해환의 손목을 잡고 생긋 웃으며 말했다.

"해환아. 우리 잠깐 이야기 좀 할까?"

해환이 무어라고 대꾸하기도 전에 애리는 해환을 데리고 화장실로 갔다. 아이들은 그런 해환과 애리를 호기심 어린 표정으로 뒤따랐다. 애리는 화장실에 해환과 함께 들어간 후, 다른 아이들이 들어오지 못하도록 문을 닫았다. 그러고는 붕대를 풀어 얼굴을 드러냈다.

일설에 의하면, 고흐는 자신의 귀를 완전히 자른 건 아니었다고 한다. 아주 약간만 잘랐는데 그 이야기가 와전이 되었단다. 이 이야기는 눈앞의 애리에게도 그대로 통용되고 있었다.

애리의 귀는 아무 문제도 없었다.

"너, 나랑 절교하려고 했지."

어떻게 내 속마음을 알았지.

해환은 말 그대로 숨이 막히는 것 같았다. 겁에 질려 애리를 바라보자니, 애리가 그런 해환의 어깨에 손을 얹으며 말을 이었다.

"안 돼, 해환아. 나는 너밖에 없어. 네가 날 버리면, 나는 아무도 없어."

해환은 여전히 아무 말도 할 수 없었다.

애리는 그런 해환을 끌어안았다. 머리를 쓰다듬으며 같은 말을 반복했다.

"우린 절친 맞지?"

그날, 해환은 어떻게 수업을 듣고 어떻게 집에 돌아갔는지 전혀 기억이 나지 않았다. 해환은 지독한 가위에 눌렸다. 아침에 일어나지 못하고 열과 환상에 시달렸다. 당연히 학교에 갈 수 없었다.

이런 해환을 찾아온 유일한 방문객은 애리였다. 해환은 애리를 만나고 싶지 않았지만, 전후 사정을 모르는 부모님은 애리를 집에 들였다. 해환은 그런 애리를 보자마자 비명을 지르고 싶은 기분을 느꼈지만 결코 그런 티를 낼 수 없었다. 화장실에서 있었던 일로 해환은 공포에 질려 있었다. 자신이 조금이라도 싫은 태도를 보인다면 애리가 무슨 짓을 할지 알 수 없었다.

이럴 때 윤정이 와주면 얼마나 좋을까 싶었다. 하지만 애리와 달리 윤정은 해환을 찾지 않았다. 톡으로 메시지를 보내오지도 않았다. 일주일 내내 해환을 찾아온 건 애리뿐이었다.

그때마다 해환은 속으로 별의별 생각을 다 했다. 어쩌면 애리가 윤정에게도 뭔가 이상한 말을 한 건 아닐까. 나랑 친하게 지내면 가만 안 둔다고 협박이라도 한 건 아닐까.

먼저 연락을 할 생각은 하지 못했다. 혹시라도 애리가 이 사실을 알아낸다면 윤정에게 이상한 짓을 하지는 않을지 두려웠다. 그런 해환이 가까스로 윤정에게 연락을 한 것은 일주일 후였다. 숨이 막힐 듯한 기분을 더는 참을 수 없었다. 그 기분은 애리가 윤정에게 연락한 사실을 알고 해코지를 할지도 모른다는 두려움보다 훨씬 컸다.

그래서 해환은 윤정에게 톡으로 메시지를 보냈다.

쩡, 쩡. 해환

해환의 염려와 달리 윤정의 반응은 평소와 별반 다르지 않았다. 메시지를 보내자마자 윤정은 1분도 채 되지 않아 답장을 보내왔다.

윤정 이제 전화 되는??? 환환 괜찮아? ㅠ

ㅠㅠㅠㅠㅠㅠ많이 아프다며 ㅠㅠㅠㅠㅠㅠ
면회도 금지라고 들었엉

면회라니, 무슨 소리지?

 윤정 서애리가 그러던데 ㅠㅠㅠㅠㅠ
너 중병으로 입원해서
전화도 안 된다공 ㅠㅠㅠㅠ

그렇게 된 거였나.

애리가 거짓말을 했다. 하지만 대체 왜 그런 거짓말을 하지?

사실 대답은 이미 알고 있었다.

그래야 해환을 독차지할 수 있으니까.

해환은 더는 참을 수 없었다. 누군가에게 지금까지 일어난 일
을 다 털어놓고 싶었다.

쩡 쩡 보이스톡 ㅇㅋ??   해환

 윤정 ㅇㅇㅇㅋ

해환은 윤정이 괜찮다고 말하자마자 톡으로 전화를 걸었다. 비명을 지르듯 애리의 일을 털어놓았다.

1학년 때 애리와 반 고흐와 헤세를 보러 가기로 약속한 일, 애리가 갑자기 찾아온 일, 자기 이야기를 전혀 하지 않는 점, 갑자기 고흐가 귀를 잘랐다는 이야기를 한 것, 자신이 고흐와 닮았다고 한 것과 이상하게 절친이란 말에 집착하는 일까지. 그리고 마침내 일주일 전, 귀를 자른 척을 하며 쇼를 벌였다는 것까지 모두 털어놓고 나서야 해환은 말을 멈출 수 있었다.

"쩡? 쩡?"

"듣고 있어. 좀 놀라서."

"아, 그래?"

"일단 끊자. 나 지금 아빠 왔어. 나중에 다시 연락할게."

뜻밖에도 윤정의 반응이 너무 덤덤했다.

뭔가 더 흥분해서 같이 이야기할 줄 알았건만.

해환은 조금 섭섭했지만 일단 전화를 끊었다. 휴대폰을 손에 쥔 채 다시 침대에 누웠다가 오랜만에 꿈도 없는 단잠이 들었다. 그래서 해환은 알지 못했다. 자신이 잠든 사이, 큰 소동이 일어났다는 사실을.

2020년 7월, 네덜란드 오테를로

암스테르담을 떠나 오테를로까지 오는 내내 난관이 많았다. 처음 타보는 기차는 불안하기 짝이 없었다. 중간에 내려 버스를 갈아탈 때에도 어디서 타야 하는지 몰라 바로 앞에 있는 정거장을 못 찾다가 한 대를 그냥 떠나보낼 뻔했다.

일단 목적지인 오테를로에 도착하자 마음의 여유를 되찾을 수 있었다. 아침 일찍 출발하며 호텔 조식을 가볍게 먹긴 했지만, 긴장을 많이 한 탓인지 벌써 배가 고팠다. 오테를로 시내에 도착해 버스를 타기 전, 가볍게 뭔가를 먹기로 했다.

마침 슈퍼마켓이 보였다. 빵과 음료를 사 들고 나왔다. 버스 정류장에서는 타야 할 버스가 떠나고 있는데도 마음이 급하지 않았다. 손에 든 빵을 모두 먹은 후 다음 버스를 탈 셈이었다. 그래서 해환은 5분 뒤, 빵과 음료를 모두 마신 후에야 자신의 실수를 깨달았다.

이 버스는 한 시간에 한 대씩 다닌다.

해환은 당황했다. 다시 슈퍼마켓에 가서 안 되는 영어로 크뢸러 뮐러에 가는 방법을 물었더니, 직원이 살짝 웃으며 길을 가르쳐줬다.

이 길을 따라 쭉 걸어가라. 10분쯤 걸으면 나오는 국립공원에서 자전거를 빌려 가면 된다. 미술관은 국립공원 안에 있다.

해환은 그 말에 몇 번이고 고개를 숙여 감사하며, 내친김에 커피도 한 잔 구입한 후 다시 슈퍼마켓을 나와 걸었다.

오테를로는 암스테르담과 전혀 달랐다. 암스테르담은 건물이 따닥따닥 붙어 있어 여유가 없어 보였다. 또, 자전거는 어찌나 빨리 달리던지, 해환은 트램에서 내려 길을 건널 때마다 몇 번이고 주변을 살펴야 했다.

이곳 오테를로는 시간이 느리게 흐르는 것 같았다. 자전거를 탄 사람은 없었다. 눈에 띄는 사람들은 대부분 중년층 이상의 사람들이었다. 그들 중 한 노인은 해환에게 먼저 인사를 하며 어디서 왔느냐, 어디로 가느냐를 묻기도 했다.

기차에서도 몇 번이고 그런 일이 있었기에 해환은 여행자의 여유를 부려 크뢸러 뮐러라고 대꾸할 수 있었고, 그 말에 노인은 슈퍼마켓 직원과 마찬가지로 이 길을 쭉 따라 걸으면 크뢸러 뮐러에 갈 수 있다, 무료로 자전거를 빌릴 수 있다고 보충설명을 해주기도 했다.

그렇게 길을 따라가다가 젖소가 뛰어노는 벌판을 마주했을 때, 또 누군가 그린 고흐의 모작을 발견했을 때, 해환은 애리가 말하던 아를을 떠올릴 수 밖에 없었다.

고흐가 고갱과 함께 잠시 평화로운 생활을 즐겼던 아를. 빛이 따듯한 프랑스 남쪽 지방도 이런 느낌이었을까.

국립공원 입구에 도달했을 무렵, 철문이 열리며 아까 놓쳤던 것과 같은 버스가 나오는 장면을 목격할 수 있었다. 해환은 버스를 슬쩍 본 후 입구에서 티켓을 끊고 안으로 들어갔다.

해환은 우연히 만난 노인이 이야기한 자전거 주차장으로 향했다. 그곳에서 적당한 높이의 안장이 달린 자전거에 올라탔다가 놀랐다.

자전거에 브레이크가 없었다.

뜻밖의 상황에 해환은 상상하고 말았다. 갈 곳을 잃은 애리가 이곳 오테를로까지 찾아오는 광경을. 브레이크 없는 자전거를 타고, 자신처럼 놀라는 표정을.

애리가 이곳에 왔을 것이라는 확신은 없었다. 하지만 해환은 자꾸만 기대하고 있었다. 그 기대감은 숲길을 자전거로 통과한 후 만난 널따란 평원, 끝없이 펼쳐질 것만 같은 거대한 하늘의 풍경에서 최고조에 달했다.

손바닥으로 가린다고 결코 가려질 리 없는 높은 하늘이 눈앞에 있었다. 언젠가 해환은 이런 하늘을 애리와 함께 봤었다. 그것은 아마도 애리가 해환에게 처음 반 고흐의 이야기를 꺼낸 날이었다.

이곳에 왔을 거야. 애리는 분명, 이곳에 왔을 거야.

해환은 가방을 열었다. 한국을 떠날 때 갖고 온 유일한 책 『젊은 베르테르의 슬픔』을 꺼낼 셈이었다. 책을 읽으려는 건 아니었다. 그보다는 책장에 끼워둔 종이에 볼일이 있었다. 책을 펴고 종이를 꺼냈다. 그건 색이 바랜 종이 신문 한 조각이었다. 이 신문에 적힌 기사의 제목은 순식간에 해환을 애리가 없는 현실로 돌려보냈다.

[피에로 연쇄살인마 서 모 씨 사진 긴급 입수]

2016년 5월, 해환의 집

해환은 오랜만에 상쾌한 기분으로 눈을 떴다. 윤정 같은 친구를 사귀기 잘했다고 스스로를 칭찬하며 휴대폰을 찾았다가 당황하고 말았다. 휴대폰 잠김 화면에 끝없이 알림이 쏟아지고 있었다. 얼핏 보아도 백 개, 아니 몇 백 개가 넘는 알림이 떠 있었다.

해환은 상황 파악을 위해 급히 톡에 접속했다가 자신이 단톡방에 초대되었으며, 그 단톡방에서 문제의 알림이 쏟아지고 있다는 사실을 알 수 있었다.

대체 무슨 일이 일어난 거야?

해환은 자신이 어제 뭘 놓쳤는가 싶어 단톡방에 황급히 접속
했다. 놓친 이야기를 처음부터 복기하려는 순간, 윤정에게 전화
가 왔다.

"여보세요?"

"단톡방 봤지?"

"지금 보려고 하던 중인데."

"아직 못 봤어?"

"뭔데 그래? 뭔데?"

"서애리. 걔, 사패래, 사패."

"뭐? 갑자기 그게 무슨 소리야?"

"서애리 사패라고. 사이코패스. 그래서 우리 학교로 진학한
거래!"

애리는 다른 동네에 산다고 이야기한 적이 있다. 그 동네에서
는 귀문 고등학교로 진학하는 일이 거의 없다. 학군이 다르다.
하지만 그것과 사이코패스가 대체 무슨 상관이 있는 건가? 아
니 그보다, 윤정은 어떻게 이런 사실을 알고 있는 거지?

어제, 윤정은 톡으로 이 이야기를 퍼뜨렸다. 첫 상대는 같은
반 구피영, 맨 뒷자리에 앉는 키가 큰 남학생이었다. 구피영과
윤정은 이야기를 나누다가 해환을 초대해 3인 단톡방을 열었
고, 그때 이미 해환은 잠을 자는 중이라 이 사실을 눈치채지 못

했다.

윤정과 대화를 나누던 구피영은 3반 아이를 초대했다. 해환이 모르는 남학생으로 이름은 김철민이었다. 김철민은 해환과 윤정, 구피영의 이야기를 듣더니 평소 이상하게 생각했던 애리의 행동을 이야기했다.

애리는 혼잣말을 많이 한다.
애리는 이상하다 싶을 정도로 사람을 뚫어져라 바라본다.
애리는 기억력이 지나치게 비상하다.
애리는 사과를 받지 않으면 끝까지 시비를 건다.

이 이야기는 해환이 윤정에게 한 이야기와 다름없었다. 하지만 이 이야기에 해환이 한 이야기가 겹쳐지자 상황이 조금 다르게 흘러갔다.

애리는 다른 동네에서 중학교를 나왔다.
애리는 전교 장학생이다.
애리는 중학교 시절 늘 남루한 옷차림으로 다녔다.
애리의 가족이나 중학교 시절 교우 관계를 아는 사람이 전혀 없다.

애리는 해환 외에 친구를 만들지 않는다.

김철민은 같은 학원에 다니는 아이들 중 애리네 동네에 사는 친구를 초대했다. 그렇게 초대한 이현수는 애리를 알지 못했다. 하지만 이현수의 친구 중, 애리가 나온 중학교를 같이 나온 친구가 있다며 또 다른 아이 조지훈을 초대했고, 조지훈은 애리를 알지 못했지만, 자신의 여자친구가 애리를 아는 것 같다며 다시 한번 채팅방의 규모를 키웠다. 그렇게 몇 다리를 건넌 후 나타난 지수미가 애리를 알고 있었다.

 서애리, 걔 사패야 사패.

너네 혹시 알아? 사이코패스 테스트?
그거 우리 학교에서 대박 유행했어.

그런데 걔가 그거 만점 나왔어. 헐.

해환은 이 대화를 보고 말도 안 되는 소리다 싶었다.

지수미 말대로 사이코패스 테스트는 안 해본 사람이 없을 정도로 유행을 탔다. SNS를 타고 들어가면 여러 곳에서 할 수 있었고, 해환 역시 몇 번인가 한 적이 있었다. 그 결과, 해환도 높은 점수가 나와서 애들한테 잠시 놀림을 받았었다. 하지만 그 누구도 해환이 진짜 사이코패스라고 생각하지는 않았다.

해환과 같은 의문을 가진 아이들은 단톡방에도 꽤 있었다.

 구피영 나도 그거 만점 받았는데, ㅋ 그럼 나도 사패임?

같은 반 구피영이었다. 하지만, 그 이후 나온 이야기엔 당황할 수밖에 없었다.

 나덕심 서애리가사패인증거나있음

지수미가 애리에 대한 이야기를 하는 사이, 단톡방의 규모가 기하급수적으로 커지고 있었다. 이제 누가 누구를 초대하는지 모를 정도로 수많은 아이들이 동시에 들어오고 있었고 나덕심은 이 중 한 명이었다. 그런 나덕심이 단톡방에 기사 링크를 하나 올렸다.

 나덕심 [단독] 피에로 연쇄살인마 서 모 씨 사진 긴급 입수 해환은 썸네일 링크를 클릭했다.

지난 200X년 7월부터 올해 5월까지 3년에 걸쳐 일
어난 연쇄살인마 서 모(45세. 남) 씨의 사진이 긴급 입
수되었다. 본지에서는 서 모 씨가 살던 ○○동에서……

피에로 연쇄살인마.

해환도 기억하는 사건이었다. 7년 전, 문제의 연쇄살인마는
십대 여학생만 골라 성폭행하고 무참히 살해한 후, 그 시신을
근처 공원에 버렸다. '피에로 연쇄살인마'라는 별명은 연쇄살인
마가 시체를 버린 방식 때문에 붙었다. 이 연쇄살인마는 시체를
유린하려는 듯 시체에게 꼭 피에로 가면을 씌웠다.

당시 초등학생이었던 해환은 사건이 일어난 후 부모님이나
다른 아이들과 함께 등하교를 해야 했다. 그러다가 범인이 잡혔
을 때, 한 번 더 학교가 발칵 뒤집혔다. 문제의 살인마는 옆 동
네에 사는 중년 남자였다.

그런데 처음 보는 살인자의 얼굴이 왠지 모르게 낯이 익었다.

왜 그런 생각이 들까.

이 의문에 대답을 해준 건 또다시 나덕심이었다.

나덕심　서애리아버지가연쇄살인마임

사패는유전임

나덕심은 어지간히 마음이 급했는지 띄어쓰기도 하지 않고 메시지를 연달아 보냈다.

5분 정도 잠시 단톡방에 침묵이 흘렀다. 다들 아마도 해환처럼 기사를 보고 있는 듯했다. 그 후, 연달아 의견이 쏟아지기 시작했다.

김진아　그러고 보니 서애리 머리 엄청 좋지?
사이코패스는 머리 좋다며?

조영주　걔 평소 표정이 좀 이상하긴 했어.

구피영　사패네.

최수경　연필 깎을 때 봤어?
사람 죽일 것처럼 집중해서 깎던데.

권영수　옷차림도 좀 이상하지 않아?
나이스가 뭐야, 나이스가?

지수미　사패 확인사살이네.

안민아　확실하네 사패 인정 ○○.

이미 아이들은 서애리가 사이코패스라고 단정 짓고 있었다.

2020년 7월, 네덜란드 오테를로

해환은 신문을 주워 다시 가방에 넣었다. 자전거에 올라타지 않고 천천히 남은 길을 걸어가기 시작했다. 그러자니 고등학교 2학년 겨울방학, 아버지와 함께했던 여행이 떠올랐다.

애리가 사라진 그해 겨울, 해환은 아버지와 함께 양산에 있는 통도사에 갔었다. 아버지는 통도사로 통하는 국립공원 입구 주변 주차장에 차를 세운 후 해환과 함께 숲길을 따라 걸었다. 그 길을 따라 걷는 내내 아버지는 많은 이야기를 들려주었다.

해환은 아버지가 했던 말을 전혀 기억하지 못한다. 당시 해환의 머릿속은 갑작스레 사라진 애리 걱정으로 가득 차 있었다.

애리의 아버지가 연쇄살인마일지도 모른다는 소문과 해환의 등교 거부. 이 두 가지가 겹쳐지면서 학교가 순식간에 뒤집혀버렸다.

학교로 학부모들의 문의가 쇄도했다. 정말 그 연쇄살인마 딸이 이 학교에 다니느냐, 그 딸이 무려 3년 장학금을 받는 전교 1등이라는 게 사실이냐, 어떻게 그런 일을 좌시할 수 있느냐는 등의 힐난이 학교에 쏟아졌다.

선생님들은 바로 애리를 호출했다. 애리에게 지금까지 나온 이야기들을 들려준 후 사실을 확인했다.

문제는 이런 선생님들의 부름에 보인 애리의 태도였다.

애리는 가타부타하지 않았다. 해환이 두려워하는 사시와 같은 눈초리로 자신을 쏘아붙이는 선생님들을 가만히 노려볼 뿐이었다.

이 상황을 진화한 건 애리의 부모님이었다.

그날 오후, 애리의 부모님이 학교에 나타났다. 평범한 중년 부부였다. 특히 아버지는 문제의 연쇄살인마 서 모 씨의 사진과는 전혀 닮은 데가 없어 보였다.

해환의 아버지였다면 이 상황에서 분명 화를 냈을 것이다. 왜 우리 딸이 이런 일을 당해야 하느냐며 핏대를 세웠을 일이다. 애리의 부모님은 달랐다. 고개부터 숙였다. 그저 죄송하다고, 무조건 싹싹 비는 행동에 선생님들이 당황할 지경이었다.

그렇게 애리의 소문은 해프닝으로 일단락되는 듯하였으나, 문제는 그 후의 일이었다.

애리가 사이코패스 테스트에서 만점을 받은 일, 해환에게 자신의 귀를 자른 척했던 일은 실제로 일어난 일이다. 게다가 연쇄살인마의 딸로 몰렸는데도 변명 한 번 하지 않고 오히려 교사를 노려봤다고 소문이 퍼지면서 애리는 전교 왕따가 되고 말았다.

정확히 말하자면, 다들 무서워서 피했다. 귀를 자르는 시늉까지 하며 해환을 공포에 질리게 한 서애리, 급기야 해환을 등교 거부에 빠뜨린 서애리, 그런 서애리를 연쇄살인마의 딸로 몰았으니 신경을 거슬리게 했다가는 무슨 일을 당할지 모른다는 소문이 전교에 파다했다.

문제는 애리였다. 이런 일이 생겼는데도 변함이 없었다. 여전히 전교에서 제일 일찍 학교에 등교했고, 묵묵히 수업을 듣다가 하교한 후엔 해환의 집을 찾았다. 전후 사정을 모두 알게 된 해환의 부모님이 "해환의 마음이 진정될 때까지 시간을 좀 갖자." 며 정중하게 애리의 방문을 거절해도 소용없었다. 애리는 매일 해환의 방 창문 아래서 한 시간이고 두 시간이고 서 있다가 사라졌다.

고등학교를 졸업할 때까지 태도를 굽히지 않을 것만 같았던 애리.

하지만 2학기가 시작되면서 그 누구도 애리의 모습을 볼 수 없었다. 애리가 학교에 오지 않았다. 일주일이 지나도 등교하지 않자 학교에서 선생님이 왕따를 주도한 학생들과 함께 애리의 집을 찾았다.

애리는 없었다. 갑작스레 어디론가 사라져버렸다. 주변에 물어보니 여름에 가족 모두 이사를 갔다는 대답이 돌아왔다.

애리는 어디로 갔을까.

전학 수속도 밟지 않고 이사를 간 까닭은 무엇이었을까.

또다시 학교 전체가 애리의 이야기로 술렁였다. 하지만 그 후 애리를 찾았다는 소식은 들을 수 없었다.

해환의 마음은 더욱 어지러워졌다. 애리가 사라졌다는 말을 들었는데도 해환은 존재하지 않는 애리를 의식했다. 결코 밖에 나갈 수 없었다. 이런 해환이 가까스로 집 밖으로 나갈 수 있었던 것은, 아버지와 함께 양산까지 다녀왔던 것은, 지금 해환이 이곳 오테를로까지 들고 온 한 권의 책 덕분이었다.

2016년 9월, 해환의 집

똑똑.

노크 후 해환의 아버지는 딸의 방문을 열었다.

"잠깐 아버지랑 이야기 좀……."

아버지는 끝까지 말을 이을 수 없었다. 방에서 뿜어내는 열기 탓이었다. 이제 날은 9월, 가을로 접어들고 있었다. 하지만 해환은 여름부터 혼자 추위를 탔다. 방 안의 창문을 꽁꽁 닫아놓고 두꺼운 솜이불을 덮고 식은땀을 흘렸다. 아버지는 해환의 증세가 PTSD, 즉 외상 후 스트레스성 장애와 일치한다는 사실을 알았다.

아버지는 그런 해환을 몇 번이고 신경정신과에 데려가려 했지만 어머니가 반대했다. 아직 대학도 가지 않은 해환이 신경정신과에 드나든다는 소문이 난다면 대입은 어떻게 하겠느냐는 말이었다. 아버지는 어머니의 말을 부인할 타당한 근거를 찾을 수 없었다. 그래서 그저 두고 보고만 있었으나 오늘 이 상황을 보니 마음이 달라졌다. 아버지는 한 손에 든 편지를 꽉 쥐며 다짐했다.

역시 이 편지를 전해줘야 해.

해환의 아버지가 이 편지를 발견한 건, 이날 아침 여덟 시 반경이다.

해환의 등교 거부로 집안이 발칵 뒤집힌 후, 아버지는 복잡한 마음을 가라앉히기 위해 자주 서재에서 밤을 새우곤 했다. 이날도 아버지는 밤을 새웠다. 이 책 저 책 손이 가는 대로 책을 읽어치우다가 해환의 증세에 대해 좀 더 자세히 알아볼 참으로 보건의학 관련 책들을 찾았다. 그러다가 문제의 책『젊은 베르테르의 슬픔』을 발견하고 말았다.

아버지는 서재의 모든 책을 국가별, 작가별, 가나다순으로 정리했다. 괴테의 책은 보통 서재에 들어가면 우측 제일 상단에 꽂혀 있어야 옳았다. 그런데 문제의 책, 『젊은 베르테르의 슬픔』은 규칙을 어기고 하단 구석에 처박혀 있었다. 그것도 보건의학 관련 책들 사이에 억지로.

괴테가 보건의학 책 옆에 꽂힌 건 아버지에게 폭력이나 다름 없었다. 해환의 일로 신경이 날카로워진 아버지는 한껏 더 성이 났다. 잔뜩 짜증을 내며 괴테의 책을 뽑았다. 인상을 쓰며 표지를 봤다가 다른 의미로 인상을 쓰고 말았다.

이건, 한 번도 본 적이 없는 책이었다.

아버지의 책에 대한 집착은 일반적인 수준을 넘어섰다. 서재를 가득 채운 천 권의 장서는 표지까지 모두 외운다고 자부했다. 물론, 완벽한 기억력은 아니다. 하지만 괴테는 달랐다. 적어도 괴테만큼은 모든 표지를 외우고 있었다. 아버지는 괴테를 너무 좋아해서 독일 프랑크푸르트의 괴테 하우스까지 다녀왔다. 괴테와 관련된 기념품을 몇 개고 갖고 있었다. 그런 아버지가 자신이 모르는 괴테의 책을 집 안에 둔다는 것은 불가능에 가까웠다.

아버지는 문제의 책을 손에 들었다. 이 책이 어떤 연유로 자신의 집 서재에 꽂혔을까 흥미로워하며 표지를 넘겼다가 아무것도 적히지 않은 흰 편지 봉투를 발견하고 표정을 풀었다.

"이 사람이 이런 귀여운 짓을 한다니까."

요즘 아내는 남편이 매일 서재에 은둔하는 것을 어지간히 걱정했다. 그래서 이 책과 편지를 준비한 것이리라.

아버지는 오랜만에 따뜻한 기분을 느끼며 문제의 편지 봉투를 뜯었다가, 아내의 러브레터를 기대했다가, 당황했다. 아버지는 편지를 몇 번이고 되풀이해 읽었다. 그만큼 편지에 적혀 있는 내용은 아버지의 상식을 넘어선 일이었다.

아버지는 생각했다. 이 편지는 반드시 해환의 손에 들어가야한다. 하지만 다음 순간 아버지는 망설였다. 이 편지를 보여줬다가 해환의 상태가 더 안 좋아지면 어쩌나. 해환은 이 편지를보면 큰 충격을 받을 것이다. 그 충격은 해환을 어떤 방향으로바꿀지 전혀 알 수 없었다.

하지만 지금 이 순간, 아버지가 해환의 방에 들어간 순간, 열기가 방문으로 뿜어져 나온 그 순간, 해쓱해진 딸의 얼굴을 목격한 순간, 아버지는 결심했다.

이 편지를 보여주기로.

어떤 방향으로든 해환에게는 변화가 필요했다. 설사 그 변화가 최악의 방향으로 뻗더라도, 딸을 이대로 방치할 수는 없었다.

2020년 7월, 네덜란드 크륄러 뮐러 미술관

해환은 미술관에 입장하자마자 안내 책자의 지도부터 살폈다. 크륄러 뮐러 미술관은 암스테르담의 반 고흐 미술관과 달랐다. 수많은 예술가들의 작품이 곳곳에 배치해 있었기에 고흐 갤러리부터 찾으려면 지도가 필수였다. 입구에서 직진하면 현대 미술을 비롯한 조소품들이, 오른쪽으로 꺾어 복도를 한참 걸어 들어가면 회화품들이 있었다. 그리고 그 길을 따라 직진하다 보면 목적지인 고흐 갤러리였다.

마음 같아서는 주변의 미술품들을 건너뛰고 바로 고흐 갤러리로 직진하고 싶었다. 하지만 문득 나타나는 몬드리안이, 교과서로만 봐왔던 르누와르가, 마네와 모네, 세잔느가 해환의 발길을 붙잡았다. 정확히 말하자면 그림에 실린, 어딘지 모르게 애리를 떠올리게 하는 무언가 탓이었다.

해환이 특히 강한 인상을 받은 건 인물화였다. 그림 속 사람들의 표정, 자신을 바라보는 게 아닌가 싶은 듯한 또렷한 시선이 애리와 닮은 꼴이었다. 모두 다른 표정을 짓고 있었다. 어릿 광대와 귀부인의 표정이 같을 수는 없었다. 그런데도 해환은 모든 그림들 안에서 애리를 발견할 수 있었다.

왜일까.

왜 이 안에서 애리를 찾고 있는 걸까.

그 해답은 아마도 애리의 편지에 있었다. 이제 해환은 애리의 편지를 거의 외웠다. 눈을 감으면 또박또박 눌러 쓴 듯한 애리의 단정한 글씨가 보이는 듯했다.

애리의 편지.

그 안에는 왜 그간 해환에게 단 한 번도 자신의 가족 이야기를 할 수 없었는가, 그에 대한 진실이 적혀 있었다.

해환에게

수많은 이야기를 너에게 들려주었지. 아무래도 상관없지만 내가 볼 때엔 아름답기 짝이 없는 것들. 5월의 하늘, 운동장의 철봉, 우연히 본 책에서 발견한 명언, 그 모든 것이 내게는 의미가 있었어. 〈마이 페이보릿 띵스〉라는 노래처럼 말이야. 쥴리 앤드류스가 영화 〈사운드 오브 뮤직〉에서 불렀던 노래야. 아버지랑 같이 봤던 영화 중 하나야.

몇 번이고 너는 내게 물었어. 우리 집은 어디냐고, 부모님이나 형제는 어떤 사람이냐고. 나는 대답할 말이 없었어. 나도 그게 궁금했거든. 지금의 내게 가족이 있다고 말해도 되는 걸까, 한 지붕 아래에서 같이

사는 사람들을 가리켜 가족이라 칭한다면, 본래 있었던 내 가족은 더

는 존재할 수 없는 걸까,

나는 아버지가 있었어. 어머니도 있었어. 남동생도 있었어. 친구도.

하지만 이젠 모두 없어.

아버지가 모두 앗아갔어.

그 일이 생긴 후, 나는 아버지를 이해하고 싶어졌어. 아버지에 대한

책을 찾아 읽는 게 내 독서 경력의 시작이었어. 처음 읽은 책의 제목은

『7년의 밤』이었어. 그 책을 펼쳤을 때 처음 나온 문장에 나는 아마도

사로잡혔던 것 같아. 그리고 이 책 안에서 나는 처음으로 아주 조금 아

버지를 이해할 수 있었어.

사이코패스. 연쇄살인마.

그게 대체 무슨 뜻인지 말이야.

아버지에 대해 공부를 하면서 알게 된 것은, 내게도 아버지의 일면

이 있을지도 모른다는 사실이었어. 그때부터였던 것 같아. 두려웠어.

누군가에게 날 드러내는 일이, 내 본모습을 알려주는 일이 말이야.

하지만 숨길 수 없나 봐. 나란 사람의 실체는. 내가 얼마나 이상한

사람인지, 결국 아버지와 같은 사람인지, 모두들 어떻게 아는지 참 신

기하지.

어머니는 미국으로 가면서 남동생도 데리고 갔어. 어머니는 내게

도 같이 가자고 했어. 나는 싫다고 했지. 아버지를 원망하고 싶지 않았

어. 이대로 떠나면 안 될 것 같았어. 그래서 어머니는 지금의 부모님께 나를 맡기고 떠났어. 이후 내게 연락할 때마다 묻지. 언제 올래? 라고.

어제도 어머니한테 전화가 왔어. 이제 올래? 라고. 나는 이번에도 또 대답했어. 곤란하다고. 진짜 친구가 생겨서, 그 친구가 내가 사라지면 슬퍼할 거라서 안 된다고 말했어.

친구. 나는 엄마에게 그 말을 하며 조금은 신이 났던 것 같아. 하지만 조금은 불안하기도 했어. 요즘 너는 나와 거리를 두는 것 같았거든. 나는 겁이 났어. 혹시 너도 알아버렸을까. 우리 아버지가 어떤 사람인지, 내가 어떤 사람인지, 그 진실을.

나는 참 기뻤어. 고등학교에 올라오고 너를 만나서, 네가 나를 친구라고 해줘서, 늘 나와 함께 있어줘서 그저 감사했어. 하지만 불안했어. 무서웠어. 이런 너도 결국 내 정체를 알면 떠날 테니까, 내게서 멀어질 테니까. 나는 너를 잃고 싶지 않았어.

그런데 너는 이상하게 자꾸 멀어지네. 그렇게 잘 감추려고 노력했는데, 숨겼는데, 너는 자꾸 내게서 멀어져.

왜일까. 나는 숨기면 모든 게 잘될 줄 알았는데 어째서일까. 어째서 너는 자꾸 나한테 말하라고, 내 이야기를 들려달라고 할까. 나는 이렇게 두려운데. 네가 내 정체를 알면 또 떠나버릴까 봐 너무 무서운데.

고흐는 고갱에게 수없이 많은 편지를 썼다고 해. 나는 알 것 같아. 그렇게 해서라도 고갱을 잡고 싶었겠지. 그렇게 자신을 찾아온 고갱에게 고흐는 얼마나 많은 이야기를 쏟아부었을까. 나는 알 것 같아. 자신의 좋은 점만 보여주고 싶었을 거야. 하지만 고갱은 그런 고흐가 버거웠겠지. 그보다는 실체 자신의 모습을 보여달라고 했겠지. 너처럼. 고흐는 끝까지 용기를 내지 못했어. 결국 고갱은 진절머리가 나서 고흐를 떠났을 거야. 그래서 고흐는 귀를 자를 수밖에 없었겠지.

나는 그러지 않으려고. 고흐처럼 후회하지 않으려고. 그래서 너무 무섭지만, 이런 이야기를 모두 듣고 나면 네가 날 떠날 것 같지만, 그래도 나는 네게 이 편지를 써. 내가 누구인지 진짜 나를 보여주기 위해서.

아마도 나는, 사이코패스일 거야.

왜냐하면 나는 연쇄살인마의 딸이니까.

언제나 네 친구이고 싶은 애리

처음 해환이 이 편지를 봤을 때 느낀 감정은, 혼란이었다. 평소의 애리처럼 횡설수설이 가득했다. 앞뒤가 맞지 않은 이야기라는 생각밖에 들지 않았다. 스스로를 사이코패스라고 부르다니, 자기 아버지가 연쇄살인마라니, 대체 무슨 소린가.

하지만 애리가 함께 동봉한 사진은, 그리고 신문은 애리의 말이 모두 사실이라고 이야기하고 있었다.

애리가 함께 보낸 사진에는 흔한 부녀가 찍혀 있었다.

초등학생 시절, 해환도 한 번쯤 아버지와 함께 찍었을 법한 그런 사진.

하지만 그 아버지의 얼굴은 평범하지 않았다.

그 얼굴은, 신문에 실렸던 피에로 연쇄살인마의 얼굴과 똑같았다.

사이코패스의 딸.

애리는 진짜 사이코패스의 딸이었다. 늘 전전긍긍했다. 자신도 아버지와 같은 인간일지도 모른다고 여기며 두려움에 떠느라 친구도 제대로 사귈 수 없었다. 해환이 아무리 자기 자신에 대해 이야기해달라고 해도 말할 수 없었다. 가까스로 사귄 친구가 사라질까 두려워서, 그저 숨죽인 채 제발 그저 곁에 있어 달라고 늘 말했다.

해환은 그런 애리를 이해하지 못했다. 두려워했다. 주변에 소문을 냈다. 애리가 이렇듯 자기 자신을 드러내려고 용기를 냈는데도 받아들이지 못했다. 상처 입혔다. 결국 떠나게 만들었다. 고갱이 고흐에게 그러했듯이.

그리고 애리가 떠났다.

애리는 어디로 갔을까. 미국에 사는 어머니를 찾아갔을까. 그곳에서 남동생과 함께 살고 있을까. 아니면 대체 어디로 갔을까. 어떻게 지내고 있을까.

이 편지를 본 그날 이후, 해환은 집 밖으로 나갈 수 있었다. 학교로 돌아간 건 아니었다. 동네를 헤맬 뿐이었다. 애리가 살았던 동네를, 애리와 함께 간 곳들을 수소문할 뿐이었다. 부모님은 해환이 원한다면 전학을 시켜준다고 했고, 실제로 전학을 가기는 했지만 해환은 단 한 번도 새 학교에 등교를 하지 않아 결국 퇴학 처분을 받았다. 해환은 아랑곳하지 않았다. 지금 해환이 하고 싶은 건 애리를 만나는 것뿐이었다.

애리를 만나 무슨 이야기를 해야 할지 알 수는 없었다. 하지만 찾아야 할 것 같았다. 이 세상에 단 한 명, 누군가 애리를 찾고 있다는 사실을 알려줘야만 할 것 같아서, 해환은 이 일을 그만둘 수 없었다.

그렇게 4년이 지났다. 애리의 자취를 찾아 돌아다니다가 이곳, 네덜란드 오테를로까지 오게 되었다. 수많은 회화들을 지나 마침내 고흐 갤러리 앞에 서고 말았다.

그런 해환의 눈에 가장 먼저 들어온 그림은 〈꽃이 핀 복숭아나무〉였다.

언젠가 애리는 말했다. 고흐는 꽃을 그렸다. 탄생을 노래했다. 그러면서 아몬드꽃과 체리나무를 이야기했다. 애리의 이야기를 들었을 당시엔 큰 감흥이 없었다. 그보다는 〈해바라기 연작)이나 〈자화상〉에 관심이 더 많았다. 하지만 지금 이 순간 해환을 사로잡은 것은 〈꽃이 핀 복숭아나무〉였다.

봄을 피워가는 그 꽃나무에게 해환은 말해보았다.

애리야. 애리야. 애리야. 하염없이 이름을 불렀다. 혹시라도 애리가 눈앞에 나타날지도 모른다는 한없이 이루어질 수 없는 기대를 품고, 막상 만난다고 해도 할 말이 없으면서, 그래도 소리 내어 물어볼 수밖에 없었다.

"애리야, 우린 친구지?"라고.

또 하나의 가족

정명섭

수업 끝을 알리는 벨 소리가 들리자 교실 분위기는 몹시 어수선해졌다. 사흘 후가 여름방학이라 아이들은 더 들떠 있는 것 같았다. 반장이 나눠준 휴대폰을 받아서 일어나려는데 담임 선생님이 내 이름을 불렀다.

"안상태!"

"네?"

"끝나고 잠시 남을래. 할 얘기가 있어."

담임인 이미애 선생님의 표정은 늘 어두웠다. 그래서 나이 든 남자 선생님들은 젊은 사람이 기운 빠진 모습으로 다닌다고 뒤에다 대고 혀를 차곤 했다. 말수가 없는 편이라 꿀 먹은 벙어리, 꿀벙이라는 별명이 붙을 정도였다. 아이들이 모두 나가자 교실에는 나와 이미애 선생님만 남았다.

"TV에 나온 삼촌, 탐정 맞지?"

뜬금없는 물음에 나는 잠시 생각에 잠겼다. 민준혁 아저씨와는 중학교 때부터 같이 어울려 다니면서 이런저런 사건을 해결했었다. 여기 귀문 고등학교에 입학하기 전, 중학교 시절 함께 해결한 사건이 뒤늦게 부각되면서 언론을 탄 적이 있는데 선생님은 그걸 본 것 같았다. 나를 계속 바라보는 이미애 선생님을 향해 나는 천천히 고개를 끄덕거렸다.

"네. 맞는데 왜요?

이미애 선생님이 준혁 아저씨 얘기를 왜 꺼내는지 궁금했다.

"사건 의뢰하려고."

"무슨 사건이요?"

뜻밖의 얘기를 듣고 놀란 나의 반문에 이미애 선생님은 창밖을 물끄러미 바라봤다.

"내일 수업 끝나고 강당 앞 벤치에서 보자고 전해줄래."

"아, 알겠습니다."

학교를 나오자마자 폰을 꺼내 전화를 했다. 이미애 선생님이 만나자고 했다는 말을 하자 준혁 아저씨가 대뜸 물었다.

"예뻐? 몸매는? 돈 있는 집안이니?"

"그 선생님 차가 학교 선생님들 차 중에서 제일 좋긴 해요."

"원래 그런 부자들은 나 같은 가난뱅이들에게 묘한 매력을 느낀다니까."

엉뚱한 준혁 아저씨의 말에 나는 피식 웃고 말았다.

"그냥 사건을 의뢰할 거라고 했어요."

"첫사랑 찾아달라고 할 건가?"

"그걸 왜 아저씨에게 시키겠어요?"

"아무튼, 고등학교 올라가더니 일거리도 물어오고 기특하네. 조수. 학교는 어때? 이름이 좀 이상하던데, 귀신 고등학교였었나?"

"귀문 고등학교입니다. 내일 늦지 않게 오세요."

다음 날, 준혁 아저씨는 때 빼고 광을 잔뜩 낸 채 나타났다. 꽉 끼는 청바지에 헐렁한 검정색 남방을 입고 머리에 잔뜩 힘을 준 모습을 본 나는 어이가 없어서 먼발치에서 중얼거렸다.

"이 아저씨가 진짜."

반면 이미애 선생님은 별다른 감정을 드러내지 않은 채 벤치에 조용히 앉아 있었다. 준혁 아저씨가 다가와서 헛기침을 하자 이미애 선생님이 일어나서 인사를 했다.

"와주셔서 고마워요."

"사건이 있는 곳에 탐정이 와야죠. 탐정 겸 추리소설가 민준혁입니다."

"탐정은 변장도 잘한다면서요?"

"그럼요. 셜록 홈즈가 그랬습니다. 라이헨바흐 폭포에 떨어져서 죽은 것으로 위장했다가 「빈집의 모험」이라는 단편에서 고서점의 늙은 주인으로 변장해서 왓슨 앞에 나타났죠. 왓슨조차 완벽하게 속일 정도로 분장을 하고 능청스럽게 고서점을 운영하는 것처럼 거짓말을 한 겁니다."

셜로키언 아니랄까 봐 준혁 아저씨는 셜록 홈즈 얘기만 나오면 정신을 못 차렸다. 이러다가는 셜록 홈즈 시리즈 전부를 소개할 것 같아서 중간에 끼어들었다.

"그래서 의뢰하시려는 사건이 뭔데요?"

내 말에 이미애 선생님이 눈을 껌뻑거리더니 준혁 아저씨에게 물었다.

"가출팸이 뭔지 아세요?"

"뭐, 스팸의 한 종류인가요?"

아, 제발 이럴 때 농담 좀 하지 말라고 몇 번을 말했냐고 속으로 부르짖었다. 다행히 마음씨 좋은 이미애 선생님이 웃고 넘어갔다.

"가출과 패밀리를 합친 말이에요."

나는 준혁 아저씨에게 썰렁한 아재 개그는 그만 좀 하라는 눈빛을 날렸다. 다행히 준혁 아저씨는 새로운 용어에 관심을 보였다.

"가출과 가족이라, 별로 어울리는 단어는 아니네요."

"한 해에 청소년들이 얼마나 가출하는지 아세요?"

이미애 선생님의 질문에 준혁 아저씨는 잠시 생각하는 듯하다가 입을 열었다.

"대략 5천 명 정도 되지 않을까요?"

"틀렸어요. 경찰에 신고 되는 숫자만 2만 명이 넘어요. 현재 학교를 다니지 않는 청소년들도 대략 30만 명 정도로 파악되고 있고요."

구체적인 수치가 예상보다 높게 나오자 준혁 아저씨와 나는 충격을 받고는 할 말을 잃었다. 이미애 선생님이 한숨을 쉬면서 얘기를 이어갔다.

"매년 학생들 숫자는 줄고 있는데 가출 청소년들은 증가하고 있어요. 학교랑 사회가 아이들을 잘못 가르치고 있기 때문이죠."

"학교는 사회랑 판박이니까요. 사회가 지옥이면 학교도 지옥이 될 수밖에 없죠."

준혁 아저씨가 담담하게 대답하자 이미애 선생이 고개를 들어서 본관 건물 쪽을 물끄러미 바라봤다.

"처음 임용고시에 합격했을 때 좋은 선생이 되자고 스스로에게 다짐했어요. 하지만 저는 너무 무능했죠."

"구조적인 문제라 개인이 해결할 수 있는 범주 밖의 일입니다."

쓸쓸하게 웃은 이미애 선생님이 대답했다.

"그래서 올해까지만 하고 그만두기로 했어요."

"그러셨군요. 관두고 뭐 하실 건가요?"

"더 늦기 전에 유학 가려고요. 원래 프랑스 문학을 좋아했는데 마침 리옹 대학교에 가 있는 선배가 오라고 했어요."

"가시기 전에 뭔가를 해결하고 싶으셨군요."

준혁 아저씨의 말에 이미애 선생님의 눈이 커졌다.

"역시 예리하시네요."

"탐정에게는 별거 아닙니다."

이미애 선생님이 휴대폰을 꺼내서 건네자 준혁 아저씨가 입이 찢어질 듯 환히 웃었다.

"제 전화번호요?"

"아뇨, 거기 기사 내용 캡처한 거 보시라고요."

듣고 있던 나는 겨우 웃음을 참았다. 나를 살짝 째려본 준혁 아저씨가 휴대폰을 들여다봤다.

"올 초에 부천에서 벌어진 사고네요. 열일곱 살 윤 모 양이 부천역 앞 사거리에서 새벽에 무단횡단을 하다가 차에 치여 중상을 입었다고 나오는군요."

"의식이 없는 상태로 병원에 후송되었고, 지금도 의식이 없어요."

"이 학생과 아는 사이인가요?"

이미애 선생님은 준혁 아저씨의 물음에 고개를 끄덕거렸다.

"재작년에 제가 가르치던 아이였어요. 이름은 윤주희고요."

"아끼던 학생이었습니까?"

"가끔씩 시선이 가는 학생이었어요. 하지만 겨울방학이 끝나고 학기 초에 새로 반을 배정받은 아이들을 만나면 그전에 만났던 아이들과는 자연스럽게 멀어져요. 주희는……."

잠시 생각을 하느라 얼굴을 찡그렸던 이미애 선생님이 말을 이어갔다.

"평범했어요. 키나 얼굴 모두 눈에 띄는 편은 아니었죠. 성적도 중간이었고, 특별히 모난 성격이 아니었던 데다가 말수도 적어서 있는 듯 없는 듯했어요."

"그런데 이 학생에게 관심을 기울인 이유는 뭡니까?"

"사고가 일어나기 며칠 전부터 모르는 번호로 전화가 몇 번왔어요. 스팸전화나 보이스피싱인 것 같아서 받지 않고 넘어갔는데 그 번호로 문자가 왔더라고요."

"주희에게요?"

고개를 끄덕거린 이미애 선생님이 휴대폰을 넘겨받고는 문자 메시지를 찾아줬다. 휴대폰을 본 준혁 아저씨가 소리 내서 문자 내용을 읽었다.

> **윤주희** 안녕하세요, 선생님.
> 저 1학년 때 선생님 반 학생이었던 윤주희입니다.
> 목소리 듣고 싶어서 전화 드렸어요.
> 시간 날 때 통화하고 싶어요.

준혁 아저씨가 문자를 읽고 나서 이미애 선생님에게 물었다.

"통화는 해보셨습니까?"

조용히 고개를 저은 이미애 선생님이 대답했다.

"아뇨. 사실 누군지 기억이 잘 나지 않았어요. 그리고 기억도 잘 나지 않는 아이와 굳이 통화까지 해야 하나라는 생각이 들었죠. 변명을 하자면 그때 학기 초라 골치 아픈 일들이 많았어요."

땅이 꺼져라 한숨을 쉰 이미애 선생님이 덧붙였다.

"그리고 며칠 지났는데 경찰한테 연락이 왔어요. 주희가 교통사고로 다쳤는데 가지고 있는 대포폰에서 저에게 전화와 문자를 한 내역이 나왔다고 말이죠."

"주희가 선생님에게 할 얘기가 뭐였을까요?"

준혁 아저씨의 물음에 이미애 선생님이 고개를 저었다.

"정말 모르겠어요. 그래서 더 고통스러워요. 선생님은 아이들 하나하나 돌봐주고 신경 써줘야 한다고 믿었거든요. 하지만 현장에서 시간을 보낼수록 그러지 못한다는 사실을 깨달았죠. 그런 측면에서 주희는 제 실패를 상징하는 것이나 다름없어요."

옆에서 이야기를 듣던 나는 이미애 선생님이 느끼는 좌절감과 고통을 어렴풋이 이해했다. 내가 생각에 잠겨 있는 동안 이미애 선생님이 준혁 아저씨에게 말했다.

"더 당황스러웠던 건 주희가 가출팸 생활을 하다가 사고를 당했다는 얘기였어요."

"가출팸이면?"

"네. 아까 말씀드렸던 그 가출팸이요. 가출한 청소년들끼리 방을 잡고 가족처럼 지내는 것이죠. 하지만 가출이라는 불안정한 환경에 놓였기 때문에 각종 사건 사고에 휘말리게 된다고 경찰이 그러더라고요."

"그러겠죠. 가출한 청소년들은 정글에 내던져진 꼴이니까요."

"그 부분이 이상했어요."

이미애 선생님의 얘기를 들은 준혁 아저씨가 물었다.

"어떤 게 이상했습니까?"

"주희는 가출할 애는 아니었어요."

"방금 전에는 잘 모른다고 하셨습니다만……."

"그렇긴 해도 가출을 할 정도의 문제를 가진 아이는 아니었던 걸로 기억해요. 사실 그 정도였다면 기억이 더 선명했겠죠."

"기억도 못할 정도로 조용하고 얌전했던 아이가 어느 날 갑자기 가출 소녀가 되어서 연락을 해온 상황이 이상하다는 겁니까?"

"네."

짧게 대답하고 긴 한숨을 내쉰 이미애 선생님이 하늘을 바라봤다.

"그동안 대체 무슨 일이 벌어진 건지 모르겠어요."

"경찰은 뭐라고 하던가요?"

준혁 아저씨의 물음에 이미애 선생님이 고개를 절레절레 저었다.

"신원을 확인하려고 연락했던 것뿐이었어요. 술에 취해서 무단횡단을 하다가 사고가 났다고만 얘기했어요. 부모님을 만나서야 석 달 전에 가출했다는 걸 알게 되었죠."

"가출팸에서 지낸 건 어떻게 아셨나요?"

"사용하고 있던 대포폰에 낯선 이름이 몇 개 저장되어 있었어요. 경찰이 그 번호로 연락을 했더니 또래 아이들이 받았는데 모른다고 하고 서둘러 끊어버렸다고 했어요. 그리고 입고 있던 옷과 신발이 가출 당시 것과 달랐고, 머리도 염색을 하고 귀도 뚫었다고 하더라고요."

"어디선가 다른 아이들과 함께 지냈군요. 그게 누군지는 모르겠지만 말이죠."

"맞아요. 그리고 주희가 차에 치이게 된 것도 미심쩍어요."

"무단횡단이라고 하지 않았습니까?"

"뭔가 할 얘기가 있는 듯한 문자가 온 게 계속 마음에 걸려요."

"정확하게 어떤 걸 의뢰하고 싶으신 겁니까?"

준혁 아저씨의 물음에 잠시 고민하던 이미애 선생님이 대답했다.

"주희가 가출한 후에 누구랑 지냈고, 어떻게 차에 치이게 되었는지 알고 싶어요."

"기억도 안 나는 제자라고 하지 않으셨습니까?"

"물론 터무니없다는 거 알고 있어요. 하지만 제 교직 생활을 잘 마무리하려면 진실을 알아야 할 것 같네요."

이미애 선생님의 말에 준혁 아저씨는 한동안 말이 없었다. 속으로 복잡한 일에 끼어들 수 있으니까 제발 거절하라고 외쳤다. 내 기대와 달리 아저씨는 이렇게 답했다.

"일단 아는 경찰에게 사건에 대해 물어보도록 하겠습니다. 만약 이상한 점이 있다면 조사에 착수하도록 하죠."

"고맙습니다. 비용은 걱정하지 마세요. 퇴직금이 제법 되거든
요."

"비용은 나중에 따로 청구하도록 하죠."

벤치에서 일어난 준혁 아저씨가 나에게 따라오라는 손짓을
했다. 한참 따라가다가 돌아서서 이미애 선생님을 바라봤다. 물
끄러미 우리를 바라보던 이미애 선생님이 가볍게 손을 흔들었
다. 나 역시 살짝 고개를 숙였다. 교문 옆에 귀문 고등학교라는
현판을 힐끔 본 준혁 아저씨가 누군가에게 전화를 걸었다.

"아이고, 강 형사님. 제가 사건을 하나 의뢰받았는데요. 도움
이 좀 필요할 것 같습니다. 일단 사건을 좀 확인해봐야 할 것 같
은데요. 모레요? 알겠습니다. 제가 가겠습니다."

통화를 끝낸 준혁 아저씨가 고개를 돌려 나를 바라봤다.

"이제 방학이니까 학교 안 가도 되지?"

"어디로 데려가게요?"

"이번 사건은 말이야. 철저한 현장 탐문과 조사를 해야 해. 한
마디로 발품을 팔아야 한다 이거지."

"저 무릎 안 좋아요."

내가 무릎을 주먹으로 치면서 하소연을 했지만 준혁 아저씨
는 코웃음을 쳤다.

"군대도 안 갔다 왔으면서 무슨 무릎 타령이야. 암튼 모레 나

랑 강 형사 만나러 가자. 그전에 윤주희 사건을 좀 조사해봐."

"뭔가 있을 거 같아요?"

"다치기 며칠 전에 옛날 담임 선생에게 대포폰으로 전화하고 문자를 남겨놨잖아."

"진짜 급했으면 문자 남기고 바로 전화했겠죠. 그냥 돈 좀 빌려달라고 한 거 아닐까요?"

"그럴지도 모르지. 그래도 일단 알아보자."

"복잡할 거 같은데요."

내가 심드렁하게 대꾸하자 준혁 아저씨는 눈빛을 반짝거리면서 말했다.

"안 그래도 날 자극시키는 일이 좀 필요했어. 셜록 홈즈처럼 말이야."

속으로 셜록 홈즈는커녕 왓슨이나 따라갈 실력이면 다행이라는 생각이 들었다. 한심스럽기 그지없다는 내 속마음을 읽기라도 했는지 준혁 아저씨가 한쪽 눈을 찡그렸다.

"안상태! 설마 내 실력을 의심하는 건 아니겠지?"

그 얘기를 듣는 순간 뜨끔했다. 준혁 아저씨의 몇 안 되는 장점 중 하나는 손이 크다는 것이다. 준혁 아저씨가 주는 조사비와 수고비는 집안 경제에 큰 도움이 되었다. 본능적으로 고개를 저었다.

"그럴 리가요."

"암튼 모레 보자."

준혁 아저씨는 기분이 좋은지 두 손을 주머니에 찔러 넣고 사뿐히 걸어갔다.

라면 몇 개를 사서 집으로 돌아온 나는 곧바로 컴퓨터를 켜고 윤주희라는 이름으로 검색을 시작했다. 죽은 게 아니었기 때문에 교통사고에 관한 기사는 자그마한 온라인 신문사까지 다 뒤져봐도 두세 개밖에 안 나왔다.

포털사이트로 들어가서 부천역 앞 지도를 봤다. 복잡하게 얽힌 신호등과 거리들은 한눈에 봐도 교통사고가 많이 나게 생겼다. 거리뷰로 바꿔서 살펴보자 화려한 네온사인과 자동차, 사람들이 뒤엉켜 있는 게 보였다. 전철역 앞 광장이 큰 데다가 유흥가가 바로 붙어 있었다.

거리뷰를 살펴보는데 광장 구석에 있는 약국 앞에 한 무리의 아이들이 옹기종기 모여 있는 게 보였다. 얼굴은 모자이크 처리를 해서 누군지 알아보기 어려웠지만 차림새로 봐서는 중학생이나 내 또래의 고등학생쯤 되어 보였다. 문제는 그중 몇 명이 손에 담배 같은 걸 들고 있었다는 점이다.

중학교 때 탈선한 몇몇 친구들 얼굴이 떠올랐다. 가정이라는 그릇이 깨지면 아이들이라는 파편은 잘게 부스러질 수밖에 없다. 그렇게 부스러져서 파편이 된 아이들은 거리 곳곳에 버려졌다. 내친김에 가출팸에 대한 뉴스 기사를 검색했다.

'뭐야, 이건.'

심도 있게 다룬 르포 몇 개를 제외하고는 가출팸에 관한 기사는 대부분 감금과 폭행, 갈취, 성매매, 절도, 소매치기 같은 단어들로 채워졌다. 당연한 일이었다. 집이라는 울타리를 벗어나는 순간 거리라는 정글 속으로 뛰어든 셈이니까 말이다.

이런저런 생각에 빠져서 모니터를 한참 들여다보는데 밖에서 소영이가 외치는 소리가 들렸다.

"오빠! 배고파."

"알았어."

얼른 일어나면서 모자이크로 얼굴이 지워진 거리뷰 속 아이들을 다시 한번 보았다.

이틀 후, 나와 준혁 아저씨는 지방경찰청 주차장 구석에 앉아 있었다. 날씨가 너무 좋아서인지 준혁 아저씨가 하늘을 올려다보면서 투덜거렸다.

"이렇게 좋은 날, 경찰서나 드나들고 말이야."

"어디 놀러 가고 싶은 날씨네요."

내가 맞장구를 치자 준혁 아저씨가 허허 웃었다.

"너도 같은 생각이구나. 사건 끝나면 실내 수영장이라도 가자."

"좋아요."

이런저런 얘기를 나누는데 준혁 아저씨가 강 형사라고 부르는 배불뚝이 형사가 뚱뚱한 배를 출렁거리면서 이쪽으로 다가오는 게 보였다. 준혁 아저씨가 손을 들자 강 형사가 서류 봉투를 든 손을 치켜들었다. 준혁 아저씨도 그다지 좋아하는 편은 아니지만 추리에 필요한 정보를 제공해주는 귀중한 존재라 그 낭저냥 비위를 맞춰주는 것 같았다. 벤치에 앉자마자 담배를 꺼내서 불을 붙인 강 형사가 깊은 한숨을 쉬었다.

"예전에는 아무데서나 피울 수 있었는데 요즘은 들고 다니는 것만 해도 눈치가 보이니 원."

"건강 생각하셔야죠."

준혁 아저씨의 말에 강 형사가 씩 웃으면서 말했다.

"오래 살고 싶은 생각도 없어."

"퇴직하시고 가족들이랑 오순도순 사셔야 하잖아요."

"마누라랑 애저녁에 갈라섰어. 애들도 다 그쪽으로 갔고, 퇴직하면 낚시나 다닐 거야."

"회고록은 안 쓰시고요?"

"내가 뭐 신창원 같은 애를 잡은 것도 아닌데 뭘. 그래도 오산

남문파 검거할 때는 힘 좀 썼지."

"제가 부탁한 건 알아보셨어요?"

얘기가 엉뚱한 곳으로 흘러갈 것 같자 준혁 아저씨가 얼른 본론을 꺼냈다. 강 형사가 들고 온 서류 봉투 안에서 종이를 몇 장 꺼냈다.

"유출은 안 되니까 그냥 보기나 해."

"감사합니다."

종이를 건네받은 준혁 아저씨가 매의 눈으로 살펴보면서 강 형사에게 물었다.

"어때요?"

"뭐가?"

"이 사건이요."

준혁 아저씨의 물음에 담배 연기를 한 모금 뱉어낸 강 형사가 대답했다.

"사건이랄 게 있냐? 그냥 가출 청소년이 밤중에 무단횡단하다가 뺑소니 사고를 당한 거지."

"옛날 담임 선생을 만났는데 조용하고 착한 친구라 탈선할 아이로는 안 보였다고 하던데요."

준혁 아저씨의 말에 강 형사가 손사래를 치면서 말했다.

"요즘 애들은 겉만 보고는 잘 모른다니까. 예전에 자기 부모를 죽인 애 있었잖아. 학교에서 얼마나 모범생이었는데."

"주희는 가출하고 가출팸에서 지낸 것 같은데 수사는 진행된 게 있나요?"

"사건이 있어야 수사를 하지. 가출 자체만 가지고는 수사고 뭐고 할 수 없어. 너무 많거든."

"가출팸은 온갖 사건 사고에 휘말리잖아요."

얘기를 들은 강 형사가 고개를 끄덕거렸다.

"미성년자인데 일을 할 수 있는 것도 아니고 거처가 있는 것도 아니면 가출팸에 들어가는 것밖에는 방법이 없지. 문제는 그 가출팸이 썩은 사과라는 거야."

강 형사는 적절한 비유라고 생각했는지 회심의 미소를 지으며 덧붙였다.

"썩은 사과 하나가 다른 사과를 썩게 만드는 것처럼 아이들을 범죄에 물들이게 한다 이 말이죠?"

"충동적으로 나간 아이들은 얼마 지나지 않아서 집으로 돌아올 수밖에 없어. 하지만 가출팸에 발을 들이면, 아이들은 음식과 거주지를 제공받게 되고 집에 들어가지 않고 몇 달이고 몇 년이고 지내는 거야. 그사이에 범죄에 물드는 거지."

"돈을 벌기 위해서 범죄에 빠져든다는 얘긴가요?"

"애초에 가출팸을 만드는 목적이 집 나온 애들을 이용해서 돈을 벌려고 하는 경우도 많아. 또래포주라고 들어봤니?"

"아뇨."

"집 나와서 가출팸에 들어온 여자아이들을 성매매 시키고 돈을 갈취하는 녀석들이지. 그 또래라고 해서 또래포주라고 불러. 그 밖에도 조건 만남을 시키고 미성년자라는 사실을 앞세워서 성매수남을 협박하는 경우도 많아. 자기들끼리의 폭력이나 절도는 말할 나위 없고."

"또 하나의 가족이 아니라 원수나 다름없네요."

"가족?"

코웃음을 친 강 형사가 덧붙였다.

"서로 뜯어먹고 등쳐먹는 사이를 가족이라고 부를 수 있나? 세상에 공짜는 없다는 걸 모르는 애들이 너무 많아."

"그 가출팸은 어떻게 만들어지나요?"

"자기네끼리 카페를 만들어서 정보를 주고받아. 오래된 가출팸들은 자기들만의 방법으로 소통하기도 하지. 옛날에는 가출했다고 하면 그냥 혼자 헤매다 들어왔는데 요즘은 인터넷 때문에 난리도 아냐."

"경찰은 손을 못 쓰고 있나요?"

준혁 아저씨의 물음에 강 형사는 난감한 표정을 지었다.

"가출 청소년들을 무조건 잡을 수는 없지. 거기다 그렇게 잡아서 할 수 있는 게 고작 부모에게 돌려보내는 거잖아. 부모 싫어서 뛰쳐나온 애한테 다시 집으로 돌아가라고 하면 순순히 돌아가겠냐고. 주희라는 학생도 알아보니까 집안 사정이 말이 아니더만."

"어땠는데요?"

"아빠가 사업에 실패한 뒤 잠수를 탔고, 빚쟁이들이 계속 찾아와서 엄마는 신경쇠약에 걸렸어. 걔까지 안 미친 게 다행이지."

강 형사의 얘기를 들은 준혁 아저씨가 내 얼굴을 바라보다가 말했다.

"그 정도일 줄은 몰랐어요."

"거기다 대포폰을 써서 추적도 어려워. 요즘 걔들도 스킬이 엄청 좋아졌어."

"그때 주희가 가지고 있던 대포폰에 번호가 몇 개 저장되어 있었다고 하던데요."

"그것도 다 대포폰들이야. 청소년계 담당 형사가 멍청하게 경찰이라고 해버리니까 바로 없애버린 것 같아."

"그럼 주희가 가출 후에 어디서 뭘 하고 지냈는지는 알 수 없는 건가요?"

"다음 장."

강 형사가 담배를 피우면서 말하자 준혁 아저씨가 종이를 넘겼다. 고개를 빼서 바라보자 사진들이 몇 장 나왔다.

"주희가 가지고 있던 겁니까?"

"응. 소지품들은 몇 개 없는데 그중에 엘도라도라는 술집 이름이 박힌 라이터가 나왔어. 여기서 일을 했든지 아니면 최소한 라이터를 받을 정도로 자주 갔다는 얘기잖아."

"여긴 조사해보셨어요?"

준혁 아저씨의 물음에 강 형사가 코웃음을 쳤다.

"야! 사건이 있어야 조사를 하지. 영장 받기가 얼마나 힘든지 알아?"

"아직 미성년자인데 술집도 드나들고 라이터도 받았다면 문제가 심각한 거잖아요."

"경찰이 나설 정도의 문제는 아니야."

"어떤 가출팸에서 지냈는지는 알 수 없는 거죠?"

"알 도리가 없지. 아마 겁먹고 잠수 탔거나 흩어졌을 거야."

"부천 쪽 가출팸들은 얼마나 있을까요?"

"겁나 많아. 거기가 교통의 요지이기도 하고 역 앞에 유흥가랑 모텔들이 엄청 많아서 가출팸들이 모이기 좋은 곳이지."

"부천역 앞에서 사고가 났다면 근처에서 지냈을 가능성이 높긴 하죠."

준혁 아저씨의 얘기를 들은 강 형사가 담배를 손에 든 채 물었다.

"준혁아. 조사하는 게 정확하게 사고가 난 경위야, 아니면 가출하게 된 동기나 지내던 과정이야?"

"모두 다요."

준혁 아저씨의 대답에 강 형사가 고개를 저었다.

"캐볼 만한 게 없어. 사고 원인이 무단횡단인 건 CCTV랑 블랙박스로 확인할 수 있고, 지내던 가출팸들이야 지금쯤 뿔뿔이 흩어졌겠지."

두 사람의 얘기를 듣던 나는 이미애 선생님의 말이 떠올랐다. 한 해에 2만 명이 넘는 아이들이 학교와 가정을 떠나 정글 같은 거리로 나선다. 그들이 왜 스스로 보호막을 걷어차 버리고 밖으로 나갔는지 충분히 이해가 갔다. 이런저런 생각 끝에 궁금증이 일었다.

"무단횡단하기 직전 상황은 확인되었나요?"

불쑥 끼어든 내 말에 강 형사가 대답했다.

"그냥 서 있다가 빨간불로 변하자마자 마치 100미터 달리기를 하는 것처럼 전력 질주해서 도로로 달려들었어."

"주변에 누군가 있던가요?"

이어진 질문에 잠시 뜸을 들이던 강 형사가 고개를 갸웃거렸다.

"주변에 누군가 있긴 했지."

"사고가 났던 게 새벽이라고 기사에서 봤는데요."

"새벽 두 시 좀 넘어갔을 때야."

"그럼 주변에 사람들이 많을 때가 아닌데요. 만약 누군가 옆에 있었다면 일행일 가능성이 높지 않나요?"

어제부터 계속 생각했던 문제였다. 주희가 차도에 뛰어들었을 때 과연 곁에 누가 있었을까?

"새벽에 무단횡단을 하는 건 생각보다 쉽지 않아요. 차들이 빨리 지나가서 타이밍을 잡기가 어렵거든요."

내 얘기를 들은 준혁 아저씨가 강 형사에게 말했다.

"누군가 옆에 있었다면 낌새를 맡고 말렸을 수도 있는데 오히려 신호가 바뀌자마자 튀어나왔다면 일반적인 무단횡단이 아닐 수도 있겠네요."

"아무튼 영상을 다시 보고 이상한 거 있으면 알려줄게."

"혹시 그 영상에서 주희 곁에 있던 사람들을 확인할 수 있습니까?"

"어려울걸. 밤중이라 영상이 흐리게 나왔을 거야."

"캡처한 거 한두 장 제 폰으로 보내주실 수 있으세요?"

"그 정도야 어렵진 않지만 주희는 옷차림으로 확인했는데 다른 사람은 그게 좀 어렵잖아."

"그래도 단서가 될 만한 게 나올지 모르니까요."

"들어가면서 보내줄게. 그리고 담당 형사를 한 다리 건너면 아니까 더 나올 게 있는지 물어보지. 근데 상태야."

담배를 끄고 꽁초를 휴지통에 던진 강 형사가 잠시 머뭇거리다가 물었다.

"그런데 아까 무단횡단이 쉽지 않다는 건 어떻게 안 거니?"

나는 대수롭지 않다는 표정으로 대꾸했다.

"몇 번 시도해봤거든요."

내 대답에 알 만하다는 듯 피식 웃은 강 형사는 서류 봉투에 종이를 집어넣었다.

"아무튼, 내가 도와줄 수 있는 건 여기까지야."

"얘기를 나눠볼 수 있는 목격자가 있나요?"

"부천역에서 가출 청소년 쉼터를 운영하는 아줌마가 경찰에 신고했어. 연락처랑 이름 알려줄게."

"우리가 찾아간다고 문자 좀 넣어주세요."

"뭐라고 소개할 건데?"

"주희 친척인데 보험 문제 때문에 이것저것 알아보는 중이라고 해주세요."

"미리 말해두는데 가출팸 애들 장난 아니야. 빵에 가본 경험이 많고 내일도 없는 놈들이라서 엄청 잔인하다고."

"조심할게요."

"거, 문제가 생길 거 같으면 내 이름 팔든가, 아니면 부천 쪽에 근무하는 후배 알려줄 테니까 걔 이름 팔아."

"지금 걱정해주시는 건가요?"

준혁 아저씨가 씩 웃으면서 묻자 강 형사가 고개를 절레절레 저었다.

"걱정은, 네가 다치면 또 수사해야 하니까 그렇지."

"고맙습니다."

강 형사는 조심하라는 얘기를 몇 번이나 남기고는 돌아갔다. 계속 앉아서 생각에 빠져 있던 준혁 아저씨에게 말했다.

"몸담고 있던 가출팸을 찾아봐야 하지 않겠어요?"

"그게 제일 좋은 방법이긴 한데 강 형사 말대로 찾기가 쉽지 않잖아. 일단 주희의 행적을 더듬다 보면 나오겠지."

얘기를 주고받는 사이 준혁 아저씨의 휴대폰에서 띠링, 하는 소리가 들렸다. 휴대폰을 들여다본 준혁 아저씨가 흡족한 표정을 지었다.

"아이고, 우리 강 형사님이 필요한 거 다 보내주셨네. 가자."

"어디로요?"

내 물음에 준혁 아저씨가 고개를 들고 대답했다.

"부천."

지하철역에서 나오자 부천역 광장이 보였다. 한쪽에는 버스 정류장이 있고, 광장의 조형물과 자전거 대여소가 보였다. 앞쪽은 원형의 로터리가 있어서 차와 버스들이 숨바꼭질을 하듯 돌면서 어디론가 사라졌다. 광장 양쪽으로 뻗은 골목은 술집과 카페들로 가득했다. 광장에서 주변을 살펴본 준혁 아저씨가 중얼거렸다.

"엄청 유흥가네."

그 옆에 서서 둘러본 나 역시 비슷한 생각이 들었다. 컴퓨터에서 거리뷰로 봤을 때보다 더 실감이 났다. 교복을 입은 아이들이 삼삼오오 모여 있는 게 눈에 들어왔다.

"제 또래 애들도 많네요."

"근처에 학교들이 많아서 그런가 봐."

"이제 어떡할 거예요?"

"일단 강 형사가 알려준 목격자를 먼저 만나봐야지. 그다음에 주희 가족을 찾아가보자."

"아빠는 가출하고 엄마는 이상해졌다면서요."

"다른 가족들이 있겠지."

"근데 제가 따라다녀야 해요?"

"조수가 옆에 있어야지."

"출장비 청구해도 되죠?"

"냉철한 녀석 같으니. 그래라."

피식 웃은 준혁 아저씨가 휴대폰으로 통화를 하면서 광장 쪽으로 걸어갔다. 바닥을 쪼고 있던 비둘기들이 푸드득 소리를 내면서 날아갔다. 비둘기가 날아간 자리에 서서 통화를 하던 준혁 아저씨가 빙 돌면서 뭔가를 살폈다.

"어딜 찾아요?"

"로열 마켓. 빨간색 간판이라고 하던데."

"뭐 살 거 있어요?"

"거기 2층에 목격자가 일하는 사무실이 있어."

주변을 두리번거리던 준혁 아저씨가 눈을 반짝거렸다.

"저기다."

로열 마켓의 옆에 난 작은 계단 입구에는 '청소년 쉼터'라는 간판이 붙어 있었다. 대낮임에도 불구하고 좁고 가파른 계단은 몹시 어두컴컴했다. 계단을 올라가자 옆에 작은 문이 보였다. 문을 밀고 안으로 들어가자 바로 앞에 작은 사무실이 보였다. 안쪽으로는 복도가 쭉 이어져서 마치 동네 보습학원처럼 보였다. 밖에서 들려오는 소리를 듣고 사무실에 있던 한 여성이 문을 열었다.

"어서 오세요. 전화 주신 분이죠?"

"네. 민준혁이라고 합니다. 얘는 안상태라고 친척 동생이고요."

"서애란입니다. 들어오세요."

들어간 사무실은 세 사람이 앉으면 빠듯할 정도로 좁았다. 이 쉼터를 운영하는 실장이라고 자신을 소개한 여성은 길쭉한 얼굴에 금테 안경을 썼고, 갈색으로 염색한 머리가 목덜미를 덮었다. 나이는 대충 40대 정도로 보였는데 파란색 바지와 줄무늬 티셔츠를 입고 있어서 조금 젊어 보이는 느낌을 줬다.

사무실 안에는 화이트보드를 비롯해 학원에서나 볼 법한 물건들이 제법 많았다. 내가 이리저리 살펴보자 정수기의 물을 종이컵에 따라 내 앞에 놓아준 서애란 실장이 말했다.

"여기 원래 학원이었어. 원장은 나였고."

"그런데 왜 청소년 쉼터로 바꾼 거예요?"

"공부 같은 걸로는 청소년을 도울 수 없을 것 같아서 말이야."

서애란 실장은 지쳐 보이기도 하고 홀가분한 것도 같은 표정으로 대답했다. 사무실 안을 둘러보던 준혁 아저씨도 대화에 끼어들었다.

"그럼 학원을 청소년 쉼터로 바꾸신 겁니까?"

"네. 강의실을 침실로 바꿔놨어요. 아이들이 와서 쉬고 갈 수 있도록 말이죠."

"가출 청소년들이 오나요?"

"솔직히 누가 들어오는지 체크하거나 묻지 않아요. 그러면 아이들이 오지 않거든요."

"이곳에는 가출팸들이 많습니까?"

"걔들은 어디에나 있어요. 왜 가출했는지 어른들이 이해하지 못하는 한 줄지 않을 거고요."

준혁 아저씨는 서애란 실장에게 휴대폰에 저장해둔 윤주희의 사진을 보여줬다.

"몇 달 전 이 아이가 교통사고를 당한 걸 목격하셨다고 들었습니다."

"새벽이었어요. 밖에 나갔다가 우연히 봤죠."

"그 시간에 자주 나가십니까?"

"가끔 역 근처를 살펴보긴 해요. 오갈 데가 없어서 길거리에서 자는 애들이 있으면 깨워서 쉼터에서 자고 가라고 알려줘요. 가끔 싸우는 애들을 보면 경찰에 신고도 합니다."

"원래 주희를 알고 있었습니까?"

"우리 쉼터를 몇 번 쓴 적은 있는데 따로 인사하거나 그러지는 않았어요. 걔들은 너무 가깝게 지내는 걸 싫어하거든요."

"같이 온 친구들은요?"

"금발머리를 짙게 염색한 여자애랑 같이 왔어요. 남자애처럼 덩치가 크고 가슴에 커다란 십자가 목걸이를 하고 다녔죠. 남자애들은 못 봤어요."

"경찰에게 듣기로는 마치 달리기를 하는 것처럼 도로로 뛰어들었다고 하던데요."

"새벽에 가끔 그러는 경우가 있어요. 도로를 건너는 횡단보도가 좀 떨어져 있고, 지하상가는 계단을 내려가야 하니까 귀찮아서 다들 무단횡단을 해요."

"다른 일행이 있었던가요?"

준혁 아저씨의 물음에 잠시 고개를 갸우뚱거리며 생각에 잠겼던 서애란 실장이 대답했다.

"주변에 몇 명이 어슬렁거리기는 했는데 일행인지는 모르겠어요."

"사고가 났을 때 얼마나 떨어져 있었습니까?"

"저는 광장 중간쯤이었고, 주희는 광장 끝 도로 앞이요. 대략 30미터쯤 떨어져 있었죠. 그래서 사고가 난 순간은 못 봤어요. 자동차 급브레이크 밟는 소리랑 쿵, 하는 소리가 들려서 뛰어갔더니 주희가 쓰러져 있는 게 보였죠."

"그래서 바로 경찰에 신고하셨나요?"

"네. 주희를 친 차가 바로 뺑소니를 쳐서 멈추라고 소리를 지르다가 돌아보니까 주희가 눈을 감고 쓰러져 있더라고요. 길가에 서 있는 애들한테 경찰에 신고를 하라고 했는데 다들 흩어져버려서 한 손으로는 주희의 머리를 받치고 다른 한 손으로 휴대폰을 눌러 신고했죠."

"주희 상태는 어떻던가요?"

"머리 뒤쪽에서 피가 많이 나왔어요. 그래서 제 손이랑 바지에 피가 엄청 묻었죠. 마침 이 차림이었네요."

서애란 실장이 파란색 바지와 줄무늬 티셔츠 여기저기를 가리키면서 말을 이어갔다.

"다행히 구급차가 바로 와서 병원에 실어 갈 수 있었죠."

"주변에 있던 아이들은요?"

"사이렌 소리를 듣고 다들 흩어졌어요. 가출한 아이들은 부모 다음으로 싫어하는 게 경찰이거든요."

얘기를 들은 준혁 아저씨가 실망감 가득한 목소리로 물었다.

"그러니까 직전 상황은 보지 못하셨군요."

"너무 멀고 어두웠어요."

준혁 아저씨가 시간 내주셔서 고맙다는 말을 하고 일어나려는데 문득 궁금한 게 떠올랐다.

"저, 여기에 오면 하룻밤 머물 수 있는 건가요?"

내 질문에 서애란 실장은 웃으면서 대답했다.

"응. 집은 아니지만 나름 따뜻하게 지낼 수 있어."

"거리에 사는 아이들에게 하룻밤이라는 게 큰 의미가 있을까요?"

준혁 아저씨는 쓸데없는 얘기하지 말라고 눈치를 줬지만 나는 정말로 궁금했다. 서애란 실장이 벽에 걸린 화이트보드 쪽으로 가서 어제 날짜 옆에 적힌 16이라는 숫자를 손가락으로 찍었다.

"어제 여기 쉼터에서 열여섯 명이 자고 갔어. 그게 무슨 의미인지 아니?"

내가 고개를 젓자 서애란 실장이 대답했다.

"거리에서 사는 열여섯 명의 청소년들이 하룻밤 머물 숙소나 찜질방, PC방에 갈 돈을 얻기 위해 누군가를 때리고 협박하거나 몸을 팔지 않았다는 것을 뜻하지. 적어도 어제 하루는 말이야. 어떻게 보면 아무것도 아닐 수도 있을 거야. 하지만 이날만큼은 열여섯 명이 하룻밤을 보내기 위해 범죄를 저지르지 않아도 됐어."

서애란 실장은 허리를 굽혀서 나와 눈높이를 맞췄다.

"거리에서 나빠지는 건 굉장히 빠르고 쉬워. 반면 좋아지고 착해지는 건 엄청나게 많은 시간과 노력이 필요해. 힘들더라도 조금씩 노력해야지. 차근차근."

"알겠어요."

청소년 쉼터를 나온 준혁 아저씨는 광장을 지나 도로 쪽으로 향했다. 광장 앞 도로는 원형 로터리와 버스 정류장 덕분에 몹시 혼잡했다. 이리저리 움직이던 준혁 아저씨가 걸음을 멈췄다.

"여기네."

"뭐가요?"

"주희가 도로로 뛰어든 장소."

두 손을 주머니에 찔러 넣은 준혁 아저씨가 차들이 오가는 도로를 바라봤다. 퇴근 시간이 가까워져서 그런지 차들이 조금씩 막히기 시작했다. 대체 열일곱 살의 윤주희는 무슨 생각으로 꼭두새벽에 이 도로로 뛰어들었을까? 생각에 잠긴 채 주변을 돌아보다가 이상한 걸 느꼈다.

"아저씨!"

"왜?"

"여기가 주희가 뛰어든 곳 맞아요?"

"그럼. 강 형사가 보내준 사진이 이 장소야."

"여기서 건너갔다면 무단횡단하려고 한 게 아니었어요."

"뭐라고?"

"도로 중간에 무단횡단을 하지 말라고 가드레일이 설치되어 있잖아요."

"그거야 그냥 넘어가려고 했겠지."

나는 태평하게 대꾸하는 준혁 아저씨의 말에 고개를 저었다.

"키 크고 덩치 큰 남자라면 모르겠지만 몸집이 작은 여자는 힘들어요. 그리고 저 옆을 보세요."

나는 손가락을 들어서 대각선에 있는 길 건너편 제과점을 가리켰다.

"옆으로 10미터만 가면 횡단보도가 있어요. 저기까지 가는 게 귀찮을 수 있지만 가드레일을 넘을 걸 생각하면 굳이 여기서 무단횡단을 할 필요가 없잖아요?"

내 얘기를 들은 준혁 아저씨가 고개를 들어서 가드레일과 횡단보도 쪽을 바라봤다.

"그러니까 길을 건너가려고 했던 게 아니라 다른 이유 때문일 거라 이 말이지."

"아마도요."

광장을 몇 바퀴 돈 준혁 아저씨는 편의점에서 음료를 사서 바깥쪽 테이블에 앉았다. 그 옆에 앉은 나는 준혁 아저씨가 바라보는 방향이 아까 들렀던 청소년 쉼터 쪽이라는 걸 눈치챘다.

"지금 감시 중이에요?"

"지켜보고 있어."

"쉼터 아줌마가 의심스러워서요?"

"드나드는 사람 중에 주희를 아는 사람이 있는지 확인 중이야."

"어떻게 알아볼 건데요?"

내 물음에 준혁 아저씨가 대답했다.

"아까 서애란 씨가 얘기한 금발머리부터 시작해야지."

"언제 나타날 줄 알고요?"

"나타날 때까지 기다려야지. 그게 추리의 기본이야."

"셜록 홈즈는 금방 찾던데요."

"그때 런던은 서울보다 인구가 적었어. 거기다 베이커 거리 소년 특공대가 있어서 쉽게 찾을 수 있었다고."

"만약 오늘 안 나타나면요?"

"철수했다가 내일부터 네가 여기서 찾아봐."

"제가 왜요?"

내 볼멘소리에 준혁 아저씨가 대꾸했다.

"난 바쁘거든. 조사비 두둑하게 줄 거니까 걱정 마."

나는 귀찮은 일이 생기면 늘 돈으로 해결하려는 준혁 아저씨의 모습이 너무 좋았다. 티를 내면 안 되니까 못 이기는 척 고개를 끄덕거렸다.

"할 수 없죠."

해가 떨어지고 어두워지자 아이들이 모습을 드러냈다. 헐렁한 트레이닝복이나 짧은 치마와 바지를 입고 진한 화장을 한 그들은 삼삼오오 모여서 담배를 피우고 수다를 떨었다. 누가 봐도 불량스러워 보였기 때문에 어른들도 그들 주변을 피해 다녔다. 생각보다 숫자가 많은 걸 본 준혁 아저씨가 중얼거렸다.

"찾기 어려울 수 있겠는걸."

돈은 둘째치고 이런 곳에서 며칠을 보내야 할지 모른다는 생각에 조바심이 났다. 이리저리 살펴보고 있다가 눈이 커졌다.

"저기!"

내가 다급하게 말하자 남은 캔커피를 홀짝거리던 준혁 아저씨가 주변을 두리번거렸다.

"어디?"

"저기 쉼터 입구요. 덩치 큰 금발머리!"

아까 갔던 청소년 쉼터로 올라가는 입구 부근에 서애란 실장이 얘기한 그 여자애가 서 있었다. 체구는 나랑 준혁 아저씨를 합친 것보다 더 커 보였고, 짧은 금발머리를 하고 있어서 무수히 많은 인파 속에서도 눈에 잘 띄었다.

벌떡 일어난 준혁 아저씨가 그쪽으로 가려다가 앞에 있는 플라스틱 의자에 걸려서 넘어지고 말았다. 우당탕, 하는 소리가 광장에 울려 퍼지면서 금발머리가 이쪽을 바라봤다. 대번에 상황을 눈치챈 건지 금발머리가 덩치에 어울리지 않는 속도로 사라졌다. 정강이를 부여잡은 준혁 아저씨가 벌떡 일어나 쫓아갔다. 우물쭈물하던 나도 뒤를 따랐다.

금발머리가 사라진 곳은 부천역과 연결된 유흥가였다. 좁은 길에는 번쩍거리는 네온사인 간판과 광고판, 사람들로 가득해서 정신없이 비켜나가야만 했다. 다행히 커다란 덩치에 슬리퍼 같은 걸 신고 있는 금발머리는 빨리 뛰지 못했다. 하지만 잡힐 만하면 골목길로 이리저리 들어간 탓에 추격전은 생각보다 오래 걸렸다. 거리의 사람들은 이런 일이 익숙한 듯 무심한 눈길로 바라봤다.

터질 듯 거친 숨을 쉬면서 쫓아가던 준혁 아저씨는 마침내 막다른 골목길에 금발머리를 몰아넣었다. 쓰레기가 가득한 좁은 골목길은 담벼락으로 막혀 있었다. 입구를 막아선 준혁 아저씨가 숨을 몰아쉬면서 다가갔다.

"아가씨, 진정해. 해치려는 게 아니라 뭔가 물어볼 게 좀 있어서 그래."

이리저리 빠져나갈 곳을 찾던 금발머리는 다가오는 준혁 아저씨를 바라봤다. 뒤에서 지켜보던 나는 심상찮은 느낌을 받고 외쳤다.

"조심해요!"

늘 그렇듯 준혁 아저씨는 한발 늦고 말았다. 금발머리는 다가오는 준혁 아저씨의 사타구니에 정확하게 발길질을 했다. 뭔가 깨지는 소리와 함께 준혁 아저씨의 몸이 살짝 허공에 떠올랐다가 주저앉았다. 배 속이 뒤틀리는 것 같은 끔찍한 신음 소리와 함께 준혁 아저씨가 두 손으로 사타구니를 움켜쥔 채 지저분한 바닥을 뒹굴었다. 나는 잽싸게 휴대폰을 꺼내 쓰러진 준혁 아저씨와 내려다보는 금발머리를 찍었다.

"도, 도망치면 신고할 거예요!"

내 외침을 들은 금발머리는 움찔하더니 체념한 표정으로 대답했다.

"알았어."

지나가는 사람들이 우리를 보고 옆으로 비켜서면서 낄낄거렸다. 바닥을 뒹구느라 옷이 지저분해진 준혁 아저씨를 덩치 큰 금발머리와 비쩍 마른 내가 양쪽에서 부축한 모습 때문일 것이다.

금발머리가 우리를 데려간 곳은 광장 구석에 있는 자전거 보관소 옆 팔각정이었다. 주변은 피우고 버린 담배꽁초와 가래침의 흔적들로 가득했다.

팔각정에 앉은 다음에도 준혁 아저씨는 한참 동안 고통을 참느라 끙끙거렸다. 미안한 표정으로 그 모습을 바라보던 금발머리가 나에게 말했다.

"남자들은 거기를 차면 꼼짝 못 한다고 했는데 너무 셌나 봐."

"뭐가 깨지는 소리가 나던데요."

"그럼 저 아저씨 고자 되는 거야?"

"모쏠이라 어차피 쓸모도 없……."

말을 다 잇지 못했지만 우리 둘 다 웃고 말았다. 그러자 끙끙거리던 준혁 아저씨가 고개를 들었다.

"뭐라고!"

"괜찮아요?"

"이제 숨 좀 쉴 것 같다. 아까는 정말……."

준혁 아저씨가 차마 말을 잇지 못하고 눈물을 글썽거렸다. 그러자 금발머리가 사과했다.

"미안해요, 아저씨. 근데 갑자기 쫓아와서 놀랐어요."

"그냥 궁금한 게 있어서 몇 가지 물어보려고만 했지. 나는 민준혁이고 쟤는 안상태야."

"짭새는 아니죠?"

"짭새 친구가 있긴 하지만 짭새는 아니야."

"그럼 뭔데요?"

"탐정."

"와! 우리나라에 그런 것도 있었나요?"

"정식 직업은 아니야. 그냥 의뢰받고 비공식적으로 조사하는 거지. 윤주희라고 아니?"

준혁 아저씨의 물음에 금발머리가 고개를 저었다.

143

"여기선 이름을 밝히지 않고 가명을 써요."

"너도 가명을 쓰니?"

"제니예요."

덩치와 안 어울리는 가명에 나와 준혁 아저씨는 얼떨떨했다. 금발머리는 작게 한숨을 쉬었다.

"금발로 염색하니까 다들 그렇게 부르더라고요. 그냥 금발이라고 하세요."

"그럴게. 사진이 있는데 한번 봐줄래."

준혁 아저씨는 휴대폰에 다운받은 윤주희의 사진을 보여줬다. 휴대폰을 물끄러미 들여다보던 금발머리가 살며시 고개를 끄덕였다.

"알아요."

"친했니?"

"여기선 그런 게 별로 의미가 없어요. 친하게 지내면서 누나 동생 하다가 일털하는 애들이 한둘이 아니라서요."

"일털은 뭐야?"

"일행털이라는 뜻이에요. 가출팸에 들어와서 일행인 척하다가 집에 있는 돈이나 물건을 훔쳐서 도망치는 거죠."

"그럼 어떻게 하는데?"

"뭘 어떻게 해요. 짭새한테 신고도 못하고 그냥 넘어가야죠."

금발머리의 얘기를 들으면서 가출팸이라고 부르는 또 하나의 가족도 역시 온전하지는 못하다는 생각이 들었다. 준혁 아저씨에게 휴대폰을 돌려준 금발머리가 물었다.

"얘는 무슨 사고를 쳤어요?"

"친 게 아니라 당했어. 광장 앞 도로를 무단횡단하다가 차에 치어서 아직도 의식불명이거든."

"엄청 재수 없었네요. 쉼터에서 얼굴 몇 번 보고 또래라서 얘기 몇 번 나눈 게 다예요. 같은 팸은 아니고 이름도 몰라요."

"가출팸에 있던 건 확실하니?"

준혁 아저씨의 물음에 금발머리가 피식 웃었다.

"여긴 가출팸에 들어가지 못하면 못 버텨요. 죄다 뜯어먹는 하이에나들뿐이거든요."

"가출팸에는 어떻게 들어가는데?"

"팸에 들어가고 싶다고 카페에 올리면 그걸 보고 면접을 봐요."

금발머리의 얘기를 들은 준혁 아저씨가 어처구니없다는 표정을 지었다.

"회사도 아니고 무슨 면접?"

"아까 얘기했잖아요. 일털할 인간인지 아닌지도 봐야 하고 팸에 잘 어울릴지 아닐지도 확인해야죠. 주희 같은 애들은 인기가 좋아서 올리자마자 팸에서 데려갔을 거예요."

"주희가 어떤 팸에 속했는지 아니?"

"몰라요. 사실 쉼터에 왔다는 건 가출팸이랑 그다지 사이가 좋지 않다는 뜻이라 좀처럼 얘기를 안 하긴 해요."

"사이가 나빴을 거라고?"

"보통 가출팸은 리더가 구한 여관방이나 집이 있거든요. 거기서 지내지 않고 쉼터로 왔다는 건 문제가 생겼다는 뜻이죠."

"그럼 누가 주희를 찾거나 만나러 쉼터로 온 적도 있니?"

준혁 아저씨의 물음에 고개를 기울인 채 생각에 빠져 있던 금발머리가 입을 열었다.

"파란 트레이닝복을 입은 애들이랑 입구에서 얘기를 나누는 걸 본 적 있어요."

"걔들도 가출팸이야?"

"모르죠. 사실 집에서 상처받아서 나왔지만 여기서 더한 상처를 받는 경우가 많아요. 그래서 섣불리 친구를 사귀지도 않고 마음을 열지도 않아요."

"그럼 집으로 돌아가는 게 좋지 않니?"

꼰대스러운 준혁 아저씨의 말에 금발머리는 재수 없다는 표정으로 주머니에서 담배를 꺼내 불을 붙였다.

"엄마 아빠는 맨날 술 처먹고 싸우고 두들겨 패고, 나가 죽으라고 하는데 어떻게 견뎌요."

"다들 비슷한 상황을 겪은 거니?"

"더한 애들도 많아요. 심지어 오빠가 자꾸 치근덕거려서 엄마한테 얘기했더니 네가 먼저 꼬리를 친 거 아니냐고 다그쳐서 나온 애도 봤어요."

"진짜?"

눈을 동그랗게 뜬 준혁 아저씨의 물음에 금발머리가 피식 웃었다.

"거짓말 같죠? 어른들은 다 거짓말이라고 생각하는데 진짜예요. 애들을 거리로 밀어낸 건 어른들이라고요."

"아무튼, 주희를 마지막으로 본 게 언제니?"

"몇 달 전인데 어떻게 기억해요?"

"사고 났을 때 근처에 없었니?"

준혁 아저씨의 물음에 금발머리는 고개를 저었다.

"그때 부천에 없었어요. 며칠 후에 왔는데 쉼터 아줌마가 주희가 사고를 당했다고 해서 알았죠."

"주희랑 얘기했을 때 뭔가 이상하거나 불안해하는 걸 느낀 적은 없었니? 아니면 누구한테 쫓긴다거나."

금발머리는 이번에도 고개를 저었다.

"거리에 나온 애들은 다 불안하고 무서워해요. 오늘 밤에 잘 곳은 있을지, 저녁을 먹을 수 있는지 내내 걱정하죠. 주희도 그런 얘기를 했던 것 같아요."

"자기가 속한 가출팸에 대한 얘기는?"

"별로 없었어요. 5월에 인터넷 카페에 글을 올리고 면접을 두 번이나 보고 들어갔대요. 그런데 생각했던 것과 다르다고, 실망스럽다고 해서 어딜 가든 거기서 거기라고 대답해준 게 전부였어요. 사실 어리고 예쁜 여자애들은 가출팸에서 탐내는 편이라 들어가기는 쉬워요. 그다음이 문제지."

"어떤 문제?"

준혁 아저씨의 물음에 금발머리는 한숨을 쉬면서 담배를 한 모금 빨았다.

"정말 몰라서 묻는 거예요? 조건 만남을 시켜서 돈을 삥 뜯기도 쉽고, 심심하면 데리고 놀 수 있거든요. 여자애들은 대체로 말을 잘 듣고 반항하지 않는 편이니까요. 어리면 조건 사기를 치기도 좋구요."

"조건 사기는 또 뭐야?"

"조건 만남을 하고 있을 때 들이닥쳐서 상대 남자를 협박하는 거예요. 조건 만남 한 애를 자기 여동생이라고 하면서, 미성년자와 성매매한 걸 신고하겠다고 남자 놈한테 돈을 뜯는 거죠. 조건 만남보다 돈을 더 벌 수 있어서 몇몇 가출팸에서 하고 있어요."

금발머리의 얘기를 들은 준혁 아저씨가 어이없다는 표정으로 물었다.

"남자들이 가만있니?"

"그럼 어떡하는데요? 미성년자라 신고하면 오히려 쇠고랑 차는 건 그쪽이에요."

"진짜 심각하구나. 그럼 주희도 그런 조건 만남이나 조건 사기에 가담했을까?"

"모르죠. 하지만 좋아하지는 않았을 거 같아요."

"왜?"

"걔는 우리랑 안 어울려요. 집 얘기도 많이 했고, 마음이 여린 편이었거든요."

"누가 괴롭히거나 쫓아다녔던 적은?"

"잘 모르겠어요."

"걔랑 친한 애는 있니?"

"여기선 친해졌다가도 금방 원수지간이 돼요."

심드렁하게 대꾸한 금발머리가 담배를 한 모금 빨아 연기를 천천히 내뱉은 다음 덧붙였다.

"그러니까 누구랑 가깝고 안 가깝고를 따지는 건 별 의미가 없다고요."

금발머리와 헤어지고도 준혁 아저씨의 걸음걸이가 이상했다.
마치 지금 막 포경수술을 받은 아이처럼 어기적거리며 걸었다.
내가 물었다.

"그렇게 아파요?"

"내일까지 가라앉지 않으면 병원에 가봐야 할까 봐. 진짜 아
깐 숨도 못 쉬겠더라."

"퍽 하는 소리가 되게 크게 들렸어요."

"그런데 넌 쓸모도 없고 어쩌고 하더라."

준혁 아저씨는 은근히 뒤끝이 있는 편이다.

"그거야, 분위기 좀 누그러뜨리려고 한 거죠. 그럼 내일 봐요."

"아직 할 게 남았어."

"뭔데요?"

방금 전까지 아파 죽겠다고 했으면서 무슨 일을 또 시키나
궁금했다. 준혁 아저씨는 걸음을 멈추고 주변을 살펴보다가 어
딘가를 가리켰다.

"저기로 가자."

준혁 아저씨가 가리킨 곳은 역 근처에 있는 PC방이었다.

"저긴 왜요?"

"따라오기나 해."

엘리베이터를 타고 올라간 준혁 아저씨는 PC방으로 들어가

서 제일 안쪽 자리에 앉았다. 그리고 옆에 앉은 나에게 말했다.

"찾아보자."

"뭘요?"

"주희가 인터넷 카페에 글을 올려서 가출팸을 찾았다며."

그 얘기를 들은 나는 어이가 없었다.

"아까 5월이라고 했잖아요. 몇 달이나 지났는데 그걸 어떻게 찾아요."

"근성과 끈기로."

그러면서 나를 바라봤기 때문에 확 짜증이 났다. 그런 내 마음을 눈치챘는지 준혁 아저씨가 크게 선심을 썼다.

"대신 먹고 싶은 거 있으면 다 시켜."

"좀 먹어둬야 일을 할 수 있을 것 같긴 해요."

마음이 변하기 전에 라면과 과자 몇 개, 그리고 콜라를 시킨 다음 컴퓨터를 켰다. 그사이, 준혁 아저씨는 휴대폰을 들고 밖으로 나갔다.

잠시 후, 알바가 와서 주문한 음식들을 놓고 갔다. 라면을 한 젓가락 집어서 후르륵 먹었다. 잠시 후, 통화를 마치고 돌아온 준혁 아저씨도 젓가락을 집었다.

간단하게 식사를 마치고 콜라로 입가심을 한 다음 본격적으로 조사에 나섰다. 구글로 검색한 가출팸 카페의 숫자는 어마어

마했다. 그걸 보고 저절로 한숨이 나왔지만 일단 찾는 데까지는 찾아봐야 할 것 같았다. 밤이 깊어지면서 눈이 저절로 감겼다. 검색을 시작한 지 다섯 시간 만에 드디어 단서가 될 만한 걸 찾았다.

"이건가?"

옆에서 의자에 기댄 채 졸고 있던 준혁 아저씨가 눈을 번쩍 떴다.

"찾았니?"

"이걸 봐요."

내가 찾은 건 어느 가출 카페의 글이었다.

"날짜가 5월 16일이고요. 윤주희라는 이름을 썼어요."

"본명을 썼을까? 누가 답변했는데?"

"아이디가 클로에 맘짱인 사람이네요. 몇 살인지, 나이하고 연락처를 메시지로 보내라고 했어요."

"얘가 가출팸의 리더일까?"

"찾아볼게요."

단서가 나온 이상 뒤져보는 건 일도 아니다. 그 아이디로 몇 번 검색을 하자 작년까지 열심히 한 흔적이 있는 블로그가 나왔다. 햇살을 등지고 서서 실루엣만 나오는 셀카를 프로필로 쓴 클로에 맘짱은 길거리의 고양이와 자전거 사진들을 많이 찍었다. 그리고 가끔 어른 같은 신세 한탄 글도 남겼다.

쭉 내려가다가 공원 같은 곳에서 찍은 사진을 발견했다. 그걸 본 나와 준혁 아저씨는 동시에 외쳤다.

"파란 트레이닝복!"

클로에 맘짱으로 보이는 여성 주변에 담배를 피우는 애들이 보였는데 그중 몇 명이 파란 트레이닝복을 입고 있었다.

"주희가 들어간 가출팸이 확실한 것 같아."

"그런 것 같네요. 이제 경찰에 신고하고 끝낼 거죠?"

내 얘기에 준혁 아저씨의 눈이 동그래졌다.

"왜 신고를 해?"

그러고 보니 경찰에 신고할 만한 건수가 없었다. 가출팸을 만들긴 했지만 그걸로 무슨 범죄를 저질렀거나 주희를 착취한 증거는 없었기 때문이다. 뭔가 불길한 느낌에 일단 자리를 피하기로 했다.

"저 잠깐 화장실 좀 갔다 올게요."

화장실을 핑계로 밖으로 나가서 집으로 튈 생각이었지만 준혁 아저씨의 목소리에 붙잡히고 말았다.

"이미애 선생이 내일 조사비 입금한다더라. 절반 주려고 했는데 다음에 줄까?"

"얼마나 준대요?"

잽싸게 돌아서서 묻자 준혁 아저씨가 손가락 다섯 개를 폈다. 그중 절반이라면……. 나도 모르게 마른침을 꿀꺽 삼키자 준혁 아저씨가 씩 웃었다.

"우리 「마지막 인사」 스타일로 가자."

"그건 또 뭔데요?"

"셜록 홈즈가 마지막에 나오는 단편이야. 1917년에 발표된 건데 내용은 간단해. 셜록 홈즈가 알타몬트라는 스파이로 변장해서 독일의 스파이인 폰 보르크를 속여 중요한 비밀정보들을 얻어낸다는 거야. 제1차 세계대전 직전을 배경으로 영국인의 애국심을 불러일으키려는 내용이었지. 실제로 발표된 시기도 제1차 세계대전이 한창이었을 때고 말이야."

"그래서 전쟁이라도 하려고요?"

"글을 올려."

"어떤 글이요?"

"가출팸에 들어가고 싶다는 내용."

"누가요?"

어리석고 쓸데없는 질문이었지만 답변을 듣고 싶었다. 준혁 아저씨는 시선과 손가락으로 그게 나라는 걸 각인시켜줬다. 준혁 아저씨가 쓸데없이 비장한 목소리로 말했다.

"나의 스파이가 되어줘."

"말도 안 돼요."

엄청 투덜거리고 또 투덜거렸지만 이것밖에는 방법이 없다는 것 또한 사실이었다. 거기다 준혁 아저씨가 조사비의 절반이 아닌 3분의 2를 주겠다는 파격적인 제안을 해 마음을 흔들었다.

"어차피 방학이잖아. 내가 종종 니네 집에 들를게."

쐐기를 박는 준혁 아저씨의 말에 결국 승낙을 했다. 심기일전하는 마음으로 야식을 먹고 윤주희가 글을 올린 인터넷 카페에 가출팸을 찾는다는 글을 올렸다. 올리자마자 댓글들이 몇 개 올라왔지만 그중 클로에 맘짱은 보이지 않았다. 그걸 본 준혁 아저씨가 말했다.

"바로 걸리지는 않겠지. 일단 집에 갔다가 입질 오는 대로 나한테 알려줘."

"그럴게요."

밖으로 나오자 해는 완전히 떨어졌다. 광장은 낮과는 다른 종류의 사람들로 채워졌다. 그들을 지나 역으로 가서 전철을 타고 오는 동안 내내 생각에 잠겼다.

그들과 나의 차이는 과연 얼마나 있을까? 만약 부모님이 계속 집에 계셨다면 나 역시 그들 사이에 섞여서 거리에서 또 다른 가족과 함께 삶을 살아가고 있을지도 몰랐다.

준혁 아저씨를 비롯한 어른들은 집을 놔두고 밖에 나와서 상처 입는 아이들을 이해하지 못했다. 하지만 나는 잘 알고 있다. 그들은 밖에 나와서 상처를 입은 것이 아니라 이미 상처투성이인 채로 집 밖으로 나온다는 사실을 말이다. 다만 상처가 더해지면서 어느 상처가 더 크고 깊은지를 잊어버린 것일 뿐이다. 내가 생각에 잠겨 있느라 내내 입을 다물고 있자 준혁 아저씨가 장난스럽게 말을 붙였다.

"안상태! 지금 가출한다고 하니까 신나는 거야?"

"장난할 기분 아니에요."

"가출한 애들 보니까 남 일 같지 않아?"

"어른들은 모른다니까요."

"잊어버리고 사는 거지."

준혁 아저씨가 어울리지 않게 진지한 얼굴을 했다.

"뭘 잊어버려요?"

"상처를 받았다는 걸 말이야. 그래서 어른이 되어선 아이들에게 다시 상처를 주는 거야. 잊어버렸으니까."

"아저씬 안 잊어버렸어요?"

"노력 중이야."

준혁 아저씨의 얘기를 들으니까 어른들이 다 똑같은 건 아니라는 생각에 어쩐지 안심이 되었다.

다음 날 클로에 맘짱이 댓글을 달았다. 카페 쪽지로 휴대폰 번호를 주고받은 뒤에는 카톡으로 얘기를 나눴다. 금발머리가 면접이라고 말했던 것이 이해가 갈 정도로 많은 얘기들이 오갔다. 만날 약속이 정해지고 바로 준혁 아저씨에게 전화를 걸었다.

"전화 왔냐?"

"네. 이따가 부천역에서 만나기로 했어요."

"임무는 잘 알고 있지?"

"네. 가출팸에 들어가서 윤주희가 무슨 일을 겪었는지 알아볼게요."

"접선은 어떻게 할까?"

"제가 개봉동으로 가서 연락드릴게요."

"부천역에서 만나는 게 편하지 않겠어?"

"걔들 나와바리인데 조심해야죠."

"그래. 연락 기다릴게."

"그리고 강 형사님에게 얘기해서 윤주희가 도로에 뛰어들 때 옆에 있던 사람들 얼굴을 좀 뽑아주세요."

"가출팸에 걔들이 있는지 확인해보려고?"

"네. 만약 사고였다고 해도 그날 무슨 일이 있었는지 알아보려면 단서가 필요해요."

157

"부탁해놓을게. 조심하고 잘 다녀와라."

알겠다고 대답하고 전화를 끊은 다음 집을 나섰다. 지하철을 타고 부천역에 도착해서 톡을 날리자 지난번 금발머리를 만났던 자전거 보관소 근처 팔각정으로 오라는 답이 왔다. 어슬렁거리면서 그곳에 도착하자 몇 명이 기다리고 있었다.

"네가 상태니?"

말을 건 것은 십대 후반쯤 되어 보이는 여자애였다.

"네."

"만나서 반가워. 난 클로에라고 해."

어깨까지 드리워진 머리카락은 젤 같은 걸 발랐는지 정신없이 반짝거렸고, 어설프게 바른 화장품 덕분에 얼굴은 얼룩이 묻은 것처럼 요란한 색이 섞여 있었다. 하지만 눈빛은 산전수전을 다 겪은 것처럼 깊었고, 목덜미와 손목에는 넝쿨 같은 문신이 새겨져 있었다.

"여긴 우리 가족들이야."

클로에와 함께 나온 일행들도 만만치 않아 보였다. 키 큰 두 껍다리 남자애들은 하도 멍청하게 보여서 그냥 덤앤더머라고 부르기로 했다. 중3이라는 여자애는 이름 대신 '노래하는 마녀'라고 부르라고 했다. 다른 사람들은 줄여서 노마라고 불렀다. 노마 옆에는 또래로 보이는 단발머리 여자애가 딱 달라붙어 있었다. 축 처진 눈꼬리에 눈동자가 커서 굉장히 겁이 많아 보였다. 혜진이라고 자신을 소개했는데 본명인지 그냥 부르는 이름인지는 몰랐다. 나를 위아래로 살펴본 클로에가 말했다.

"고딩처럼 보이지 않는데?"

"체구가 좀 작은 편이에요. 어릴 때 못 먹어서요."

"집은 언제 나왔는데?"

"며칠 전에요. 그동안 친구네 집에서 잤는데 걔네 엄마가 엄청 눈치를 줘서요."

"사고 치거나 그런 건 없지?"

"사고는 엄마 아빠가 쳤어요. 다단계에 빠져서 다 날려먹고 튀었거든요."

"그럼 집에는?"

"할아버지 할머니요. 완전 짜증 나게 굴어서 더 있기 싫었어요."

"돈이 좀 있다고 들었는데?"

"여기요."

나는 일부러 순진한 표정으로 돈을 꺼내서 만 원짜리 다섯 장을 부채처럼 펴 보였다. 클로에가 가볍게 웃었다.

"우린 가족이야. 그래서 돈보다는 성격을 더 중요하게 봐."

"저는 말도 잘 듣고 시키는 대로 다 할 자신 있어요. 그러니까

절 좀 받아주세요."

잠시 뜸을 들이던 클로에가 고개를 끄덕거렸다.

"넌 앞으로 우리 팸이야."

아마 내 호소보다는 주머니에 있는 돈이 더 큰 역할을 했을 것이다. 가는 길에 편의점에 들러서 담배와 컵라면, 생수를 비롯해서 과자 같은 먹을거리를 샀는데 가입 기념이라면서 나보고 돈을 내라고 했다.

3만 원 가까운 돈을 쓰면서 이게 그들이 말한 가족인지 의문이 들었다. 클로에의 가출팸이 머무는 곳은 전철역에서 10분도 넘게 걸어가야 하는 좁은 골목길 안에 있었다. 계단을 내려가서 전등도 없는 좁은 통로를 지나자 끝에 불빛이 새어 나오는 문이 보였다. 광고 스티커가 다닥다닥 붙은 문을 열자 부엌과 화장실이 딸린 작은 공간이 나왔고, 방으로 들어가는 또 다른 문이 보였다.

신발을 벗고 안으로 들어가자마자 눈살을 찌푸렸다. 사방에서 달려든 퀴퀴한 냄새와 엄청 지저분한 방 안의 모습 때문이었다. 벽면에 붙은 작은 침대와 옷걸이 몇 개가 있는 행거가 세간의 전부였다. 문 옆에는 요리를 할 때 쓰는 휴대용 가스버너와 낡은 냄비들이 너저분하게 쌓여 있었다. 바닥은 과자 봉지와 낡고 더러운 옷가지들이 마구 버려져 있었다.

침대에는 웃통을 벗은 남자애와 느슨한 차림의 여자애가 나란히 누워 있었다. 둘은 휴대폰을 보고 있다가 클로에를 보고는 얼른 일어나서 바닥에 앉았다. 남자애는 바짝 마른 얼굴에 입이 살짝 한쪽으로 비뚤어져 있었다. 갈비뼈가 보일 정도로 앙상한 몸매였는데 키가 커서 그런지 자세가 구부정했다. 검정색 트레이닝복을 입은 여자애는 크지도 작지도 않은 키에 여드름이 잔뜩 난 얼굴을 한 짧은 단발머리였다.

클로에가 나란히 바닥에 앉은 두 아이에게 나를 소개했다.

"새로 온 가족이야. 이름은 안상태."

그리고 나에게 두 아이의 이름을 알려줬다.

"여기 키 큰 남자애는 좀비야. 여자애는 정아고."

사람들이 들어서자 좀비가 투덜거렸다.

"코딱지만 한 집에 사람을 또 들이면 어떡해요."

클로에는 편의점 로고가 붙은 비닐봉지를 흔들면서 대답했다.

"이거 쟤가 사 온 거야."

그러자 좀비는 말없이 나를 바라보더니 비닐봉지 안에 든 컵라면을 꺼냈다. 클로에는 비닐봉지를 혜진에게 건넸다.

"물 끓여. 라면 먹자."

아이들이 신난다고 소리를 지르면서 냄비에 물을 붓고 가스버너의 불을 켰다. 적당한 자리를 찾다가 화장실 문 앞에 대충

161

쪼그리고 앉자 노래하는 마녀가 오징어 짬뽕 컵라면을 건넸다.

"고맙습니다."

내가 공손하게 대답하자 그녀가 피식 웃었다.

"네 돈으로 산 거잖아."

엄청 화목하고 까르르 웃는 분위기를 기대한 건 아니었지만 이곳도 서먹하고 어색하긴 마찬가지였다. 클로에는 당연하다는 듯 침대 안쪽을 차지했고, 남은 자리는 정아라는 여자애 몫이었다. 침대에 기댄 것은 좀비와 노래하는 마녀, 혜진이었고, 덥앤더머는 행거가 있는 쪽 벽에 기댔다.

식사를 마친 후에는 각자 휴대폰을 들여다봤다. 어색한 분위기에서 눈동자만 굴리던 나는 화장실에 가겠다고 하고 몸을 일으켰다. 변기와 수도꼭지만 있는 화장실은 설상가상으로 지붕까지 낮았다. 엉거주춤 변기에 앉아서 일을 보는데 앞쪽 타일 벽에 작은 사진들이 붙어 있는 게 보였다. 어디선가 인화한 사진에서 얼굴만 떼어내서 붙인 것 같았다. 엉거주춤 일어나서 하나씩 살펴보다가 나도 모르게 낮은 목소리로 중얼거렸다.

'빙고.'

혜진과 함께 웃는 윤주희의 사진이 보였다. 윤주희가 이 가출팸에 있었다는 것은 확실해졌고, 이제 누구와 친했고, 그날 무슨 일이 벌어졌는지 알아내야 했다. 이런저런 생각을 하다가 변기 물을 내리고 밖으로 나오자 벌써 불이 꺼져 있었다. 다들 대충 쭈그리고 잠을 자고 있어서 나도 벽에 머리를 바짝 붙인 채 눈을 감았다.

다음 날, 소란스러운 소리에 눈을 뜨자 벌써 햇빛이 가득했다. 어디선가 드라이기로 머리를 말리는 소리가 났는데 눈을 비비고 보니 클로에의 머리를 정아가 말려주는 중이었다. 덤앤더머는 어제 그 자세 그대로 누워 있었다. 고개를 숙인 채 머리를 말리던 클로에가 발로 덤앤더머를 찼다.

"일어나서 일 나가야지."

부스스 눈을 뜬 덤앤더머에게서 눈을 뗀 클로에가 티셔츠를 입은 좀비와 정아를 바라봤다.

"너희들도 나가서 일거리 좀 찾아봐. 언제까지 빈둥거릴 셈이야?"

클로에는 엄마처럼 일일이 잔소리를 하다가 나를 바라봤다.

"어제 돈을 썼으니까 모레까지는 따로 뭐라고 하지 않을게. 대신 아침에 나갔다가 일곱 시에 들어와. 저녁은 주겠지만 나머지는 알아서 해결하고 들어와라."

"낮에 밖에 나가 있으라고요?"

"우리 집 규칙이야. 일탈을 막아야 하잖아."

163

딱히 불만이 있었던 건 아니었지만 처음부터 이 조건을 얘기했다면 이 가출팸에 들어오는 걸 다시 생각해봤을 것이다. 밖에서 시간을 보내고 끼니를 때우려면 돈이 필요한데 결국 알아서 해결하라는 뜻이었다. 하지만 진짜 가출한 게 아니었기 때문에 잠자코 넘어갔다.

"알겠어요."

화장실에서 대충 씻고 나오는데 클로에가 불렀다.

"어디 갈 거니?"

"동네요. 아는 형한테 밥 사 달라고 하게요."

"우리 얘기는 하지 마라."

"네."

반지하를 나와서 구불구불한 골목길을 나서는데 뭔가 느낌이 좋지 않았다. 길을 잃은 척하고 두리번거리는데 덤앤더머가 쫓아오다가 어설프게 대문 뒤로 숨는 게 보였다. 나름 감시를 하는 건가 보았다.

최대한 자연스럽게 전철역까지 가서 개찰구를 통과했다. 다행히 돈이 없는지, 아니면 거기까지 갈 필요는 없다는 지시를 받았는지 둘은 개찰구까지만 따라왔다.

계단을 내려가자 마침 서울로 가는 전철이 들어왔다. 전철을 타고 가는 동안 준혁 아저씨에게 만나자는 문자를 보냈다.

개봉역에 내려서 접선 장소인 KFC로 향했다. 항상 앉은 창가 쪽 자리에서 준혁 아지씨가 손을 들었다.

"어서 와. 스파이."

"감자튀김 두 개 먹고 싶은데요."

자리에 앉자마자 먹고 싶은 걸 말하자 준혁 아저씨가 씩 웃었다.

"어련하시겠어. 잠시만."

준혁 아저씨가 주문을 하러 간 사이 어제 겪었던 일들을 떠올렸다. 상처를 받은 아이들이 밖에서 만나서 만든 또 하나의 가족인 가출팸은 그다지 편안해 보이지 않았다. 그런데도 집에 들어갈 생각을 하지 않는다는 건 역시 집이 더 지옥 같기 때문일 것이다. 무엇이 집을 지옥으로 만들어놓은 것일까? 그리고 그 지옥에선 왜 항상 자식들이 희생당하고 고통받는 것일까?

"무슨 생각을 그렇게 하나?"

내가 좋아하는 햄버거와 콜라, 그리고 감자튀김 두 개가 얹어져 있는 쟁반을 내려놓으며 준혁 아저씨가 물었다.

"어제 그 가출팸에서 윤주희의 얼굴이 있는 사진을 찾았어요."

"그 가출팸에 있었던 게 맞네."

나는 준혁 아저씨에게 거기 멤버들을 하나하나 설명해주고

생김새를 알려줬다. 준혁 아저씨가 가방에서 A4 종이를 한 장 꺼냈다. 종이에는 흑백으로 된 사진이 보였다.

"강 형사한테 받은 거야. CCTV 중에 가장 화질 좋은 걸로 뽑았는데도 누가 누군지 모르겠다."

아닌 게 아니라 어둡고 조명이 없는 탓인지 사람들이 서 있는 것만 보일 뿐 누가 누군지는 알 수 없었다. 그래도 몇 가지 단서들은 있었다.

"사람들이 서 있네요. 하나, 둘, 셋, 넷, 모두 네 명이고요."

"직전 화면들을 살펴봤는데 다들 천천히 따라왔어. 그 얘기는……."

준혁 아저씨의 말을 내가 가로챘다.

"직접적으로 협박을 한 것이 아니었다는 뜻이겠네요. 아무래도 광장 쪽 영상을 확인해봐야겠어요."

"거긴 왜?"

"광장 쪽은 가로등이 있어서 얼굴을 알아볼 수 있을지 몰라요."

"아하, 내가 왜 그 생각을 못 했지?"

"며칠 있으면서 애들하고 친해져 볼게요. 그다음에 살살 꼬시면 뭐든 털어놓을 거예요."

누구와 가깝게 지낼지도 대충 생각해뒀다. 얘기를 마치고 다시 지하철을 탔다.

부천역에 내리자 막상 할 일이 없었다. 광장에는 나처럼 할 일이 없는 아이들이 삼삼오오 모여서 시답잖은 농담 따먹기를 하거나 얘기를 나누는 중이었다. 지난번에 준혁 아저씨와 청소년 쉼터 쪽을 감시하던 편의점으로 향하다가 덤앤더머 중 한 명인 더머를 만났다. 어차피 점찍어놨던 대상 중 한 명이었기 때문에 활짝 웃으면서 다가갔다.

"형, 여기서 뭐하고 있어요?"

내가 너무 친한 척을 해서 그런지 더머가 오히려 당황했다.

"민, 민욱이 기다려."

그러고 보니 항상 붙어 다니던 덤이 보이지 않았다.

"민욱이 형은 어디 갔어요?"

"몰라. 휴대폰도 안 받아."

타이밍이다 싶어서 훅 들어가기로 했다.

"그럼 저랑 PC방 갈래요?"

"그, 그게."

"아까 개봉동 가서 아는 형한테 돈 빌렸어요."

"정말?"

"저랑 같이 정액 끊어서 해요. 혼자 하는 건 심심해서요."

"그, 그럴까?"

더머는 기쁜 속마음을 별로 감추지도 못했다. PC방에 가서 정액권을 끊어주자 정말로 입이 찢어질 것 같았다. 처음에는 그냥 말없이 게임만 하다가 음료수를 시켜주고는 본격적으로 정보를 캐내기 시작했다.

"형은 언제부터 여기 팸에 있었어요?"

"자, 작년부터."

그렇다면 윤주희가 들어왔다가 사고를 당했던 동안 가출팸을 지키고 있던 것이니 상황을 잘 알 것으로 보였다.

"클로에는 어때요?"

"어떻긴, 좋은 엄마지."

"하지만 낮에 다 나가라고 한 건 좀 너무했어요."

"어쩔 수 없잖아."

어깨를 으쓱거린 더머의 말에 나는 입을 삐죽 내밀었다.

"낮잠도 못 자고 이게 뭐예요."

"그래도 다른 팸보다 백 배는 좋아."

"정말이요?"

내가 믿기지 않는다는 표정으로 묻자 더머가 열심히 고개를 끄덕거렸다.

"딴 데는 남자들은 앵벌이나 삐끼 시키고 여자들은 조건 만남이나 조건 사기를 치게 해."

"진짜로 그런단 말이에요?"

"그렇다니까. 조건 사기 같은 건 잘못 했다 걸리면 빵에 가기도 해."

"클로에는 그런 거 안 하나요?"

"한 번도 시킨 적 없어."

"와, 대단하네요."

"넌 운이 좋은 거야. 우리 팸은 들어오고 싶어 하는 애들이 한둘이 아니거든."

"그 집도 클로에 거예요?"

"응. 그러니까 너도 불만 가지지 말고 착실하게 생활해."

"여기서 지내다 나간 사람들은 어떻게 됐어요?"

"뭐?"

내 질문에 더머는 당황한 듯 반문했다. 예상 밖의 반응에 나도 좀 당황스러웠지만 이왕 놀래킨 김에 조금 더 나가보기로 했다.

"어제 화장실에 붙은 사진 보니까 여기 없는 사람도 있던데요."

"사, 사진?"

"네. 타일에 붙은 사진들이요."

"아씨, 넌 몰라도 돼."

더머가 짜증을 내서 더 캐묻지는 못했다. 하지만 귀찮아서라기보단 뭔가를 두려워하는 것 같은 모습이 마음에 걸렸다. 이 가출팸은 뭔가 대단한 비밀이 있는 게 분명했다.

집에 돌아갈 시간이 되자 자연스럽게 자리에서 일어났다.

아까 화를 낸 이후 더머는 더 이상 입을 열지 않았고, 말을 붙여도 짧게 대답하거나 모른다고만 했다. 그런 분위기는 숙소까지 이어졌다. 다행히 더머가 고자질을 할 눈치는 아니었다.

여섯 시를 넘기자 다들 약속이나 한 듯 모습을 드러냈다. 침대에 누워 있던 클로에는 휴대폰을 가슴에 품은 채 자고 있었고, 다른 아이들도 휴대폰을 충전기에 꽂은 채 하염없이 앉아 있었다. 분위기가 너무 어색해서 잠깐 바람 쐰다고 하고 밖으로 나왔다. 어둠이 깔리기 시작한 골목길을 어슬렁거리는데 뒤에서 부르는 소리가 들렸다.

"상태야."

고개를 돌리자 첫날 클로에와 함께 나왔던 혜진이었다. 표정이 우울해 보이는 혜진은 트레이닝복 주머니에 두 손을 찔러 넣고는 나를 바라봤다.

"왜?"

"아까 주희 얘기 물어봤다며?"

드디어 그 이름이 나왔다. 하지만 모른 척 고개를 갸웃거리면서 대답했다.

"누구?"

"우리 팸에 있다가 안 보이는 애 있다고 했잖아. 걔가 주희야. 윤주희."

"아! 그냥 화장실에 사진이 있는데 안 보여서 물어본 거야."

"걔는 사정이 있어서 여길 나갔어. 그러니까 그 애 얘긴 더 이상 묻지 마."

"무슨 사정?"

나는 궁금하다는 듯 물었다. 그러자 혜진은 주머니에서 담배를 꺼내면서 고개를 저었다.

"뭘 그렇게 궁금해해. 사고를 쳤다고."

"일텅?"

"몰라. 암튼 자꾸 캐물으면 쫓겨난다."

담뱃불을 붙인 혜진이 라이터를 주머니에 넣으려다 떨어뜨렸다. 나는 얼른 줍는 척하면서 라이터를 살폈다. 붉은색 라이터 표면에는 엘도라도라고 적혀 있었다. 윤주희의 몸에서 나온 라이터에 적힌 것과 같은 술집 이름이었다.

담배를 다 피운 혜진이 들어가자 곧바로 준혁 아저씨에게 카톡을 보냈다.

여기 가출팸 애가
엘도라도 라이터를 가지고 있어요.
조사 필요함.

답장이 곧바로 왔다.

 안 그래도 내일쯤 가볼 생각이었어.
내일은 부천에서 볼까?
그때 팔각정.

네.
틈 봐서 연락드리고 갈게요.

답장을 보내고 방으로 돌아오자 각자 할 일을 하고 있었는데 분위기가 좀 어색했다. 화장실에 들어갔더니 사진들이 모두 떼어진 상태였다. 누군가 주희가 이곳에 있었다는 사실을 내가 묻고 다니는 걸 엄청 불편해하는 게 분명했다.

다음 날도 클로에의 말에 따라 다들 집 밖으로 나왔다. 슬쩍 눈치를 봤는데 덤앤더머는 물론이고 다들 나와 말을 나누거나 가까이 오려는 애가 없었다. 준혁 아저씨와 엘도라도를 살펴볼 계획이었기 때문에 오히려 잘되었다 싶었다. 다녀오겠다는 말을 남기고 혼자서 골목길을 빠져 나왔다. 전철역 근처의 팔각정으로 향하면서 슬쩍 살펴봤는데 누가 따라오지는 않았다.

팔각정에는 안경을 쓰고 모자를 푹 눌러쓴 준혁 아저씨가 보였다. 가서 아는 척을 하자 준혁 아저씨는 주변을 살펴보고는 따라오라는 손짓을 했다. 전철역에 바짝 붙은 골목길로 들어서자 앞장서 걷던 준혁 아저씨가 말했다.

"이따가 강 형사가 사고 났을 때 사진 확대한 걸 보내주기로 했어."

"CSI 같은 거 보면 금방 나오던데요."

"물어봤더니 그런 거 다 개뻥이래. 그나마 윗사람 먹살 잡아서 겨우 허락받았다더라."

"클로에의 가출팸에 윤주희가 있었던 게 확실해요. 그리고 왜 그런지는 몰라도 그 애길 꺼내는 걸 굉장히 꺼리고요."

"뭔가 일이 있었던 게 분명하구나."

"안 좋은 일이 분명해요."

"뭔가 알고 있을 만한 애를 집어서 조져볼까?"

"누가 입을 열 만한지 좀 더 살펴볼게요."

이런저런 얘기를 주고받으면서 엘도라도에 도착했다. 허름한 2층 주택 한구석에 낡은 간판이 보였다. 스티커와 전단지가 잔뜩 붙은 유리문 안에 엘도라도라는 이름이 붙은 바퀴 달린 입간판이 보였다. 그걸 본 준혁 아저씨가 고개를 저었다.

"아직 문을 안 열었네."

"저녁때만 여는 술집인가 봐요."

큰길에서 제법 들어온 골목길이라서 인기척이 없었다. 주변을 살펴보던 중에 유리문 안에 택배 회사 로고가 붙은 박스를 발견했다.

"저기 뭐가 있어요."

준혁 아저씨는 유리문 안에 있는 택배 상자를 집어 들더니 나지막하게 외쳤다.

"빙고."

"왜요?"

"엘도라도로 온 거야. 이걸 써먹어보자."

"어떻게요?"

준혁 아저씨는 씩 웃으면서 휴대폰을 꺼내 전화를 걸었다.

"안녕하세요. 택배 왔습니다. 안에 누구 계세요?"

상대방이 뭐라고 대답하는 소리를 들은 준혁 아저씨가 눈살을 찌푸렸다.

"이 동네에 분실 사고가 많이 나서 직접 전달하라는 지시를 받아서요. 여기 안 계시면 다음에 올게요."

평소엔 사람이 참 멍청해 보이는데 이럴 땐 어쩜 이렇게 거짓말을 능수능란하게 하는지 알다가도 모를 일이었다. 상대방이 뭐라고 했는지 준혁 아저씨가 씩 웃으며 통화를 끝냈다.

"내려가자."

"안에 사람 있대요?"

"응."

택배 상자를 든 준혁 아저씨가 어두컴컴한 계단으로 내려갔다. 뒤따라 내려간 나는 계단 옆문이 열리는 걸 봤다. 티셔츠 차림에 부스스한 머리를 한 남자가 문 앞에서 손을 내밀었다. 준혁 아저씨는 택배 상자를 옆구리에 낀 채 말했다.

"조성진 씨인가요?"

"안에 있어요."

"그럼 직접 전달할게요."

"저한테 주세요."

"직접 전달하래요."

"전에는 안 그랬는데요?"

상대방의 말에 준혁 아저씨가 기다렸다는 듯 짜증 섞인 목소리로 말했다.

"그러게요. 몇 번 사고가 나니까 회사에서 꼭 본인 확인을 하래요. 바빠 죽겠는데 환장하겠어요."

준혁 아저씨는 상대방이 뭐라고 말할 틈도 주지 않고 주절주절 불만을 털어놓더니 쓱 안으로 들어갔다. 그러면서 나에게 슬쩍 말했다.

"너도 밖에 있지 말고 들어와."

"네."

잽싸게 안으로 따라 들어간 나는 어리둥절해하는 사내에게 말했다.

"외삼촌 따라왔어요. 직업 견학하는 거 수행평가에 들어가거든요."

가게 안은 전형적인 술집으로 보였다. 문 바로 앞에 주방이 있었고, 안쪽으로 테이블과 의자가 놓인 공간이 나왔다. 테이블 중간에는 칸막이 같은 걸 해놔서 앉아 있으면 옆이 보이지 않았다. 부스스한 머리를 한 아저씨가 우리를 앞질러 안쪽으로 들어갔다.

"사장님. 택배 왔어요."

그러자 안쪽 화장실 옆자리에서 누군가 벌떡 일어났다. 칸막이 때문에 안쪽에 누가 있는지 보이지 않았던 것이다. 땅딸막한 키와 짧은 머리 때문에 조폭 같아 보였지만 목소리는 의외로 차분했다.

준혁 아저씨가 일부러 시간을 끄는 사이 나는 호기심 많은 아이처럼 주변을 두리번거렸다. 어른이라면 의심을 샀겠지만 꼬맹이로 보여서인지 별다른 눈길을 끌지 않았다. 조폭처럼 생

176

긴 아저씨가 일어난 공간에는 사람이 더 있는 것처럼 보였다. 슬쩍 안쪽을 살펴보다가 아는 얼굴을 발견하고는 뒤로 물러났다. 그리고 은근슬쩍 준혁 아저씨에게 다가가서 소매를 잡아끌었다.

"삼촌. 배고파요."

"넌 배 속에 거지가 들었냐? 알았어."

준혁 아저씨가 재빨리 신호를 알아차리고는 물러났다. 계단으로 올라오는데 부스스한 머리의 아저씨가 드르륵거리면서 문을 닫았다. 계단을 나와서 유리문을 열고 밖으로 나온 준혁 아저씨가 물었다.

"뭔데?"

"안에 있었어요."

"누가?"

"청소년 쉼터 아줌마요."

내 대답을 들은 준혁 아저씨가 의외라는 표정으로 물었다.

"서애란이 여기 왜?"

"저도 모르죠."

"아무튼 이상한 술집이야."

"뭐가요?"

"코딱지만 한 가게인데 칸막이가 잔뜩 있잖아. 메뉴판도 안 보이고 벽에도 가격이 안 붙었어. 거기다 뒷문 있는 거 봤냐?"

"수상한 냄새가 난다는 거죠?"

내 물음에 준혁 아저씨가 고개를 끄덕거렸다.

"일단 근처에 잠복해서 살펴보자."

"여긴 골목길이라 아무것도 없는데요."

"밖으로 나가서 봐야지. 그나저나 안에 있던 게 청소년 쉼터에서 만났던 그 아줌마 맞아?"

"맞아요."

"일이 묘하게 돌아가네."

준혁 아저씨와 골목길을 나와서 걷는데 조그만 카페가 있는 게 보였다. 창가 쪽 빈자리를 발견한 우리는 안으로 들어갔다. 그곳에 앉아서 커피와 음료를 주문하고 골목길을 살펴봤다. 하지만 해가 떨어지고 우리가 음료를 한 번 더 시킨 후에도 엘도라도를 드나드는 사람은 보이지 않았다. 물론 위치가 안 좋기는 했지만 이렇게 사람이 안 올 수 있나 싶어 우리 둘 다 고개를 갸웃거렸다. 그러다가 준혁 아저씨가 무릎을 쳤다.

"참, 뒷문."

"거기로 드나든다고요?"

"남의 눈에 띄지 않는 방법이니까. 가보자."

우리 둘은 카페를 나와 엘도라도의 뒷문이 있을 법한 골목길을 찾아 헤맸다. 그리고 마침내 그곳을 발견했는데 겉으로 보기에는 그냥 지하 창고로 내려가는 길처럼 아무런 표지판도 없었다. 그걸 본 내가 준혁 아저씨에게 말했다.

"가게 입구인데 간판을 안 붙여놓다니 의심스러운데요."

"비밀리에 드나드는 사람들은 여길 이용하는 모양이네."

"근데 비밀리에 드나들 사람이 있나요? 그냥 술집인데요."

"좀 더 지켜보자."

이번에는 잠복할 만한 카페가 없었기 때문에 골목길을 서성거릴 수밖에 없었다.

얼마 후, 문이 열리는 소리에 우리는 화들짝 놀라서 골목길 안쪽으로 숨었다. 밖으로 나온 것은 청소년 쉼터 운영자인 서애란 실장이었다. 그녀가 골목길을 가로질러 사라지자 준혁 아저씨가 속삭였다.

"난 저 여자를 따라갈게. 어차피 강 형사가 좀 있다 온다고 해서 역에서 만나야 해."

"저는요?"

"너는 여기서 누가 드나드는지 감시해."

그렇게 준혁 아저씨가 떠나고 혼자 남게 되었다. 해가 떨어지면서 날이 어두워지고 있었다. 좀 더 가까이 가서 살펴보기로 했다. 그러던 중에 가볍고 경쾌한 발소리가 들렸다. 잽싸게 전

봇대 뒤로 숨자 클로에와 혜진, 정아가 다가오는 게 보였다. 그
들은 주변을 살펴보면서 아무 표지도 없는 문 안으로 사라졌다.
준혁 아저씨에게 톡으로 그들이 엘도라도에 나타났다고 전달
하고는 계속 살펴봤다.

잠시 후, 노래하는 마녀와 좀비도 그곳으로 들어갔다. 클로
에의 가출팸 거의 대부분이 이곳과 어떤 연관을 맺고 있는 게
분명했다. 가까이 가서 지켜보는데 잠시 후 정아가 밖으로 나
왔다. 담벼락에 기대서 담배를 피우던 정아를 바라보는데 갑자
기 기침이 났다. 기침 소리를 들은 정아가 내가 있는 쪽을 바라
봤다.

"상태니?"

바로 알아봤기 때문에 더 이상 숨는 것은 의미가 없었다. 한
손에 휴대폰을 들고 애매하게 웃으면서 모습을 드러내자 정아
가 담배를 한 모금 피우면서 물었다.

"거기서 뭐 해?"

"그냥 여기저기 돌아다니던 중이야. 너는?"

"출근."

그녀는 담배 연기를 내뿜으면서 방금 나온 문을 가리켰다. 나
는 잘 모르겠다는 표정을 지었다.

"여기?"

"한번 구경해볼래?"

아까 들어갔기 때문에 그럴 수 없었다.

"아니, 괜찮아."

마치 내 대답을 예상이라도 한 것처럼 정아가 씩 웃었다.

"왜? 궁금해했잖아."

뭔가 잘못 돌아가고 있다는 사실을 깨닫고 뒷걸음질을 쳤지만 누군가의 어깨에 막혀버리고 말았다. 고개를 돌리자 덤앤더머와 좀비가 좁은 골목길을 가로막은 채 서 있는 게 보였다. 그들이 말없이 내 손목을 잡아끌고 등을 밀었다. 담배꽁초를 바닥에 던진 정아가 턱으로 골목길 위쪽을 가리킨 다음에야 나는 일이 왜 잘못되었는지 알아차렸다.

"CCTV?"

전봇대 중간에 작은 카메라가 보였다. 정아가 피식 웃으면서 말했다.

"너 같은 쥐새끼들을 감시하는 용도야."

"내가 뭐 어쨌다고?"

"처음 들어올 때부터 이상했잖아. 내보내려고 했는데 이렇게 제 발로 사고를 쳐주시네."

좁고 어두운 계단을 내려가자 아까 들어갔던 엘도라도로 통하는 문이 보였다. 아까와는 달리 불이 환하게 켜져 있었고 음악도 들렸다. 앞장선 정아가 외쳤다.

"잡아 왔어요."

그러자 주방 쪽 바에 기대서 짧은 머리의 남자와 얘기를 나누던 클로에가 고개를 돌렸다.

"이쪽으로 데려와."

클로에가 있는 쪽 의자에 억지로 앉혀진 나는 일부러 겁을 먹은 표정을 지었다.

"저, 저는 그냥 이리저리 다니다가……."

말을 채 끝내기도 전에 눈에 불이 번쩍거렸다. 내 뺨을 힘껏 때린 클로에가 혀를 찼다.

"아까 그 CCTV로 다 봤으니까 뺑칠 생각은 하지 마. 그 남자 누구야?"

"처, 처음 보는 사람이에요. 아까 골목길을 가는데 저한테 돈을 줄 테니까 잠깐 같이 들어가자고 해서 왔어요."

"처음 본 사람치고는 너무 친하던걸? 우리 애들한테 이리저리 캐묻는 것도 그렇고 좀 수상해, 너."

"그냥 제가 호기심이 좀 많은 편이라서요. 잘못했습니다."

당장이라도 울 것처럼 굴면서 주변을 살폈다. 내 얼굴을 알고 있는 서애란 실장이 있다면 모든 것이 물거품이 될 게 뻔했지만 다행히 이곳을 뜬 뒤로 다시 돌아오지 않은 모양이었다.

클로에가 재차 물었다.

"아까 그 사람 모른다고?"

"네. 처음 본 사람이었어요."

잠시 생각하던 클로에가 내 뒤에 서 있는 덤앤더머를 향해 말했다.

"이 새끼 휴대폰 좀 확인해봐."

잘 넘어가나 싶었는데 아차 싶었다. 그동안 준혁 아저씨와 주고받은 톡 내용이 들통날 수밖에 없었기 때문이다. 더머가 내 주머니에 손을 넣어서 휴대폰을 꺼내 갔다. 이리저리 휴대폰을 살펴본 더머가 물었다.

"패턴 풀어봐."

"꼭 그렇게까지 할 필요가 있어요?"

내가 발끈한 척 화를 내자 그때까지 주방에서 조용히 듣고 있던 땅딸막한 남자가 칼로 도마를 꽝 내리찍었다.

"꼬맹이가 제법 의리가 있네."

"무슨 얘기를 하는지 전혀 모르겠어요. 이제 집에 갈 거니까 놔주세요."

내 대답을 듣고 남자가 주방 밖으로 나왔다.

"집? 거기 가면 행복해?"

"불쌍한 아이들을 등쳐먹는 사기꾼들 사이에 있는 것보다는 낫죠."

내 대답에 남자가 미친 듯이 웃었다.

"가출팸으로 온 아이들은 이미 가족과 사회에서 버림받은 녀석들이야. 그런 아이들에게 살 수 있는 방법을 가르쳐주는 게 뭐가 나빠?"

남자의 얘기를 들으면서 강 형사가 한 말이 떠올랐다.

"썩은 사과."

내 중얼거림을 들은 그가 물었다.

"뭐라고?"

"바구니 안에 든 썩은 사과가 다른 사과들까지 다 썩게 만든다는 뜻이에요."

내 얘기를 들은 그가 피식 웃었다.

"어린놈이 너무 고지식하군."

내가 아무 대답도 하지 않자 그가 의자를 가져와서 내 앞에 앉았다.

"너도 이제 선택을 해야지."

"무슨 선택이요?"

"우리 가족이 되는 거지."

"당신이랑요?"

"우리들이지."

남자가 클로에를 비롯해서 엘도라도 안에 있는 아이들을 바라봤다. 다들 지치고 슬퍼 보였다. 그들의 눈빛을 읽은 나는 단호하게 대답했다.

"싫어요."

"꼬맹이 주제에 꽤 고집이 세구나."

"저 어린애 아니에요."

"아쉽구나."

남자가 자리에서 일어나자 옆에 있던 클로에가 물었다.

"건너게 할까요?"

"거기 말고 다른 곳에서."

클로에가 눈짓을 하자 덤앤더머가 양쪽에서 팔을 잡아 일으켰다. 그리고 클로에가 앞으로 다가와서 말했다.

"가는 도중에 말썽을 부리면 재미없을 줄 알아."

"어디로 가는데요?"

"네가 궁금해하던 주희랑 같은 곳으로."

"뭐라고요?"

"너나 주희처럼 말을 안 듣는 애들이 종종 나오거든. 그러면 쓰는 방법이 있어."

소름 끼치게 웃는 클로에를 보면서 윤주희가 겪었던 사건의 실체를 알아차렸다.

"일부러 도로에 밀어 넣었군요."

"겁을 좀 준 것뿐이야. 자기 발로 간 거라고."

대수롭지 않게 얘기한 클로에가 이빨을 드러내며 웃었다. 그
때 한쪽 팔을 잡고 있던 더머가 내 휴대폰을 들여다보면서 중얼
거렸다.

"이게 뭐지?"

"스피커폰."

내가 짧게 대꾸하자 클로에의 표정이 굳어졌다.

"뭐라고?"

"아까 잡히기 직전에 켜놨어요."

"누구한테 보낸 건데?"

"짭, 아니 강 형사."

그 순간, 엘도라도의 문짝을 거칠게 두드리는 소리가 들렸다.
그 소리를 들은 클로에가 외쳤다.

"튀어!"

다들 우르르 뒷문으로 달려 나갔다. 마지막으로 나간 클로에
가 나를 노려봤다.

"두고 보자. 꼬맹아."

하지만 뒷문으로 나간 클로에와 아이들은 잠시 후, 경찰들에
게 밀려서 안으로 들어왔다. 앞장선 강 형사의 모습을 본 내가

안도의 한숨을 쉬었다. 경찰들이 앞문을 열자 준혁 아저씨가 맨 처음 들어왔다.

"안상태! 괜찮아?"

"네."

"강 형사랑 만나고 있는데 갑자기 너한테 전화가 왔다고 해서 놀랐잖아."

"잡히기 전에 스피커폰을 켜고 통화 버튼을 눌렀어요."

"잘했어."

"키 작은 남자가 두목 같아요."

"그래?"

준혁 아저씨가 주방에 숨었다가 끌려 나온 키 작은 남자를 바라봤다. 그사이 클로에가 강 형사 앞에서 큰소리를 쳤다.

"영장도 없이 이러면 불법 아니에요?"

"불법은 여기가 먼저지. 미성년자 고용해서 성매매 시킨 거 모를 줄 알아?"

"증거 있어요?"

"경찰서 가서 보여줄게. 너무 많아서 못 가져왔단다."

강 형사가 키 작은 남자와 클로에를 비롯한 아이들을 끌고 가라고 지시하고는 나와 준혁 아저씨에게 다가왔다.

"너희들 덕분이다."

"여긴 관할이 아니지 않나요?"

준혁 아저씨의 물음에 강 형사가 씩 웃었다.

"물론 아니지. 하지만 여기 담당 형사랑 형사과장이 나한테 크게 신세를 졌거든."

며칠 후, 신문을 비롯한 언론은 부천의 가출팸이 범죄의 온상이라는 보도들을 토해냈다. 특히 폭력 조직이 가출팸을 이용해서 청소년들을 성매매를 비롯한 각종 범죄에 동원했다는 사실이 밝혀지면서 많은 충격을 주었다. 거기다 거부하는 아이들을 도로로 떠밀어서 죽거나 다치게 만들었다는 내용이 한동안 사람들의 입에 오르내렸다.

그나마 다행인 것은 엘도라도에 나타난 서애란 실장은 한패가 아니었다는 것이다. 그녀는 단순히 아이들을 찾기 위해서 들른 것으로 밝혀졌다.

나와 준혁 아저씨는 용감한 시민상을 받았고, 강 형사도 포상을 받았다. 그렇게 여름방학이 끝나고 나는 귀문 고등학교로 돌아갔다. 하지만 학교에 이미애 선생님은 보이지 않았다. 방학중에 사표를 내고 프랑스로 유학을 떠난 것이다. 윤주희는 여전히 깨어나지 못했다.

결국 학교로는 나만 돌아온 셈이다.

방학이 끝나고도 나는 여전히 아이들과 어울리지 못했다. 점심시간에 혼자서 강당 근처 벤치에 앉아 있는데 준혁 아저씨가 나타났다. 내가 말없이 바라보자 옆에 앉은 준혁 아저씨가 자기 휴대폰을 보여줬다.

"새로 바꿨네요."

"새 폰 자랑하려는 게 아니고, 이미애 선생한테 이메일이 왔어."

"오! 장거리 연애 중이에요?"

"그게 아니라 사건 결과에 대해서 알려주는 이메일을 보냈더니 답장을 보내와서 말이야. 너도 함 봐라."

준혁 아저씨의 휴대폰으로 이미애 선생님의 답장을 읽었다. 사건에 대한 설명을 잘 들었다면서 결국 자기가 주희의 연락을 제때 받고, 조금만 관심을 기울였다면 막을 수 있는 사건이었을 거라는 내용이 담겨 있었다.

나는 이미애 선생님의 답장을 읽으면서 생각에 잠겼다. 세상에서 수많은 무관심들이 우리들을 잡아먹고 있는 중이었다. 이미애 선생님의 무관심도 그중 하나일 뿐이었지만 당사자에게는 아마 평생 안고 가야 할 짐이 될 것이다. 착한 사람에게는 견디기 힘든 짐일지도 몰랐다.

아직도 그 아이가 왜 하필 제게 연락을 해온 건지 모르겠어요. 하지만 짚이는 게 하나 있긴 해요. 봄에 화단 앞에서 가만히 꽃을 보고 있던 주희에게 말을 걸었더니 굉장히 반가워하더라고요. 아마 외롭다는 신호를 보냈던 것 같은데 제가 눈치채지 못한 거 같아요. 그때로 돌아갈 수만 있다면 정말 좋겠어요. 꽃이 피고 지는 것은 보면서 아이가 피고 지는 것은 보지 못했으니까요.

"아저씨랑 따로 연락 주고받잔 말은 없네요?"

무거운 분위기를 띄워보느라 일부러 놀리는 말을 했다.

"입금 받았으면 됐지 뭐."

벤치에 털썩 등을 기댄 준혁 아저씨가 쓴웃음을 지었다.

우리는 한동안 말없이 한곳을 바라보았다. 준혁 아저씨와 내 시선은 벤치 앞 화단에 머물고 있었다.

화단에 가지런히 피어 있는 꽃들 사이로 유난히 여려 보이는 꽃대 하나가 작은 바람에 몸을 흔들고 있었다.

짝 없는 아이

정해연

누군가와 손을 잡는 일은 시쳇말로 극혐이다. 최종혁의 지난 20여 년은 누군가와 손을 잡지 않기 위한 삶이었다고 해도 과언이 아니었다. 그러니까 비유법으로 '누군가와 함께 일을 도모한다'라는 뜻을 지닌 '손을 잡는다'가 아니라, 말 그대로 육체의 일부인 손을 다른 사람과 잡는 물리적인 일을 혐오했다.

종혁은 다른 사람의 손을 잡는 순간, 그의 죄책감을 읽는다. 아니, 읽는다는 표현은 정확하지 않을 수도 있다. 상대가 가지고 있는 죄책감의 순간이 머리에 흘러들어 왔다. 그것은 오래된 것일 때도 있고, 고작 몇 분 전에 벌어진 일일 때도 있었다. 지금 그의 마음을 지배하고 있는 죄책감이라면 무엇이든 그 상황이 종혁에게 보였다.

처음 자신의 능력 아닌 능력을 깨달은 것은 초등학교 1학년 때였다. 지갑 분실 문제가 발단이 된 반 아이들의 싸움을 말리다가 제일 친했던 영탁이가 훔치는 장면이 머릿속에 흘러들어 왔던 것이다. 차마 진실을 말할 수 없어서 영탁이가 숨긴 곳에서 지갑을 도로 훔쳐다 원래대로 돌려놓았지만, 그 이후로 영탁이와 가까이 지낼 수가 없었다.

혹자는 이렇게 말할 수도 있다. 그렇게 특별한 능력이 있으니 형사 같은 것을 하면 어떠냐고.

속 편한 소리다. 사이코패스 같은 범죄자들은 죄책감 따윈 갖지 않아서 도움이 되지도 않는다. 그런 경우를 제외하더라도 별로 하고 싶은 일은 아니다. 그저 죄책감의 순간이 영상으로 보이는 것으로 끝나는 것이 아니라, 그 감정까지 고스란히 종혁에게 스며들어왔다. 전해져 오는 죄책감이 너무 클 때면 종혁은 며칠이고 몸살을 앓기까지 했다. 게다가 크건 작건 남의 죄책감을 공유한다는 건 억울한 일이다. 죄도 짓지 않았는데 감정적 대가만 치르는, 한마디로 기분 더러운 일인 것이다.

불행한 것은, 종혁이 크면 클수록 능력이 더욱 예민해진다는 것이었다. 어렸을 때는 손을 잡는 것만 피하면 됐는데 점점 손이 스치기만 해도 죄책감이 전해지기 시작했다.

그래서 종혁은 중학교 2학년에 접어들 무렵부터 절대 사람이

붐비는 버스나 전철을 이용하지 않았다. 고등학교 때는 아예 택시로 통학했다. 같은 반 친구들은 그런 종혁을 재수 없어 했다. 어느 날부턴가는 은따라는 별칭이 붙었다.

진로를 결정해야 할 때가 가장 고민이었다. 어느 날은 길에 나가 한참이나 앉아 사람들을 보기도 했다. 많은 사람들이 악수를 해댔다. 만나면 악수를 했고, 계약 성사를 해도 악수를 했고, 헤어지면서도 악수를 했다. 대체 어떤 직업을 가지면 악수를 하지 않아도 될까, 머리를 싸매고 고민하던 어느 날이었다.

"당연히 의대지!"

당연한 소리를 왜 해대고 있느냐는 얼굴로 그의 어머니가 말했다. 종혁의 능력 아닌 능력을 몰라서 하는 소리였다. 종혁은 어머니에게 자신이 가진 이 기이한 능력을 말할 수 없었다. 우연히 그가 읽은 어머니의 외도 때문이었다. 과거의 일이었지만 그런 치부를 자식이 알고 있다면 누구라도 사라져버리고 싶을 정도로 충격을 받았을 것이다.

그런 사정을 모르는 어머니의 어조는 거의 강압에 가까웠다. 성적이 좋았던 것이 문제였다. 친구가 없으니 할 것이 공부밖에 없어서 성적이 좋아져버렸다. 그런 종혁에게 어머니가 욕심을 갖는 것은 당연한 일인지도 몰랐다. 하지만 종혁은 의사가 될 생각이 없었다. 의사는 신체 접촉이 빈번한 직업이다.

그때까지만 해도 종혁은 혼자 일할 수 있는 작가가 될 생각이었다. 하지만 어머니에게 작가란, 배고픈 직업일 뿐이었다. 통할 리가 없었다. 말을 듣지 않을 거면 아무것도 지원해주지 않겠다고 했다. 종혁은 그때 고작 고등학생일 뿐이었다. 지금이라면 상황이 달랐겠지만, 그건 종혁에게 충분한 협박이었다.

종혁의 마음이 확실히 선 것은 수학 숙제를 제때 제출 못해 교무실에 따로 가져간 어느 날이었다. 사실 자리를 비운 '은따'의 숙제를 걷어 가주지 않아서 따로 제출하러 온 것이었지만 종혁은 상관없었다. 괜히 숙제를 걷는 아이와 손이라도 스치는 것보단 나았으니까.

수학 선생님의 자리는 비어 있었다. 마주칠 일이 없어서 오히려 다행이었다. 얼른 책상에 놓고 돌아갈 생각을 하며 교무실에 들어가던 때였다.

"아이고, 선생님."

"아, 송화 아버님이시죠? 어서 오세요. 시간 내주셔서 감사합니다."

"제가 자주 찾아뵈었어야 했는데 죄송합니다."

들리는 목소리에 돌아보니 영어 선생님에게 손님이 찾아온 것이었다. 그 장면을 본 순간 그는 외치고 싶었다.

'저거다!'

선생님은 학부모와 면담을 자주 한다. 그래서 당연히 종혁의 희망 직업군에 교사는 없었다. 하지만 오늘 보고 깨달았다. 교사는 학부모와 면담을 자주 하지만 악수는 하지 않는다. 찾아오는 부모들은 교사의 나이가 많건 적건 간에 허리를 숙여 인사하지 악수를 청하진 않는다. 교사 또한 허리를 숙여 답인사를 하지 학부형에게 악수를 하자고 손을 내밀진 않는다.

교사라면 괜찮지 않을까? 툭하면 넘어져서 일으켜 줘야 하는 초등학생을 가르치는 것만 아니라면 종혁이 할 만한 일일 것 같았다. 게다가 어머니가 가진 자식에 대한 욕심을 어느 정도 채워주는 일이었다.

그 길로 진로를 정한 종혁은 어머니와의 첨예한 협상 끝에 사범대에 진학하기로 했다.

교사 임용시험까지 무사히 합격한 종혁이 처음으로 발령받은 학교는 이곳 귀문 고등학교였다. 인근에 있는 바다에 해수욕을 하러 온 적은 있지만, 이 도시에서 살 생각은 해본 적이 없었다. 다만 이사를 한 덕분에 자연스럽게 집에서 독립할 수 있었다. 어머니의 간섭에서 벗어난 건 분명 좋은 일이었다. 이제 취직이 되었으니 어머니의 다음 레퍼토리는 분명 결혼일 터였다.

"우선 교장 선생님께 인사를 하고, 교무실로 이동해 선생님들과 인사를 나누시죠."

안내를 맡은 교감 선생님이 친절히 말하곤 두 걸음쯤 앞서 걸었다. 종혁은 간격을 유지하며 뒤따라 걸었다.

교장실은 1층에 있었다. 1층에는 교장실 외에도 서무과와 보건실이 있었다. 귀문 고등학교 본관은 총 4층 건물로, 교실은 2층부터 있었다. 교감 선생님이 노크를 하자 안에서 묵직한 목소리가 들렸다.

"네, 들어오세요."

교감 선생님이 문을 열고 들어서며 종혁에게 눈짓을 했다. 종혁이 교감 선생님을 따라 교장실 안으로 들어갔다.

"교장 선생님, 오늘 새로 발령받아 오신 최종혁 선생님입니다."

"안녕하십니까. 최종혁입니다."

"오, 어서 와요."

교장실 한가운데에 접대용 테이블과 소파가 있었다. 교장 선생님의 책상은 소파 너머 안쪽에 자리 잡고 있었는데 문을 열면 바로 보이는 자리였다. 절반쯤 벗겨진 머리가 오전의 햇살을 받아 반짝였다. 교장 선생님은 책상에서 보던 서류를 내려놓고는 반갑게 미소를 지으며 종혁을 향해 다가왔다.

'위험하다!'

그런 생각이 든 것은 교장 선생님이 오른손을 뻗으며 다가왔기 때문이다.

남자들이 마주할 때 오른손을 뻗는 것은 선제공격을 날리겠다는 것도 아니고, 어깨에 묻은 먼지를 털어주겠다는 것은 더욱 아니었다. 바로 악수를 하자는 것이다. 하지만 종혁은 절대 그 손을 잡고 싶지 않았다. 출근 첫날부터 남의 죄책감 따위에 물들고 싶지 않았던 것이다. 게다가 무슨 죄책감을 가지고 있을지 알 게 뭔가. 아내 몰래 컴퓨터에서 야동이라도 봤을지도 모른다. 그런 것을 보고 나서 느끼는 찝찝한 죄책감 따위, 절대 전달받고 싶지 않다.

한 발짝, 두 발짝, 세 발짝……

드디어 교장 선생님이 코앞까지 왔을 때 종혁은 에라 모르겠다, 하는 심정으로 허리를 푹 숙였다.

"신뢰와 정성으로 교장 선생님을 보필하겠습니다!"

순간 정적. 그 침묵이 얼마나 무거웠던지 종혁은 지나가는 까마귀라도 울어주길 바랐다. 슬쩍 옆을 보니 교감 선생님의 눈빛이 가관이었다.

'젊은 나이에 벌써 아부가 몸에 배었군. 쯧쯧.'

표정에서 소리가 들렸다.

하지만 교장 선생님은 껄껄 웃었다. 기분이 좋아 보였다. 종혁으로서는 함께 웃고 싶은 심정은 아니었지만 정적을 깨주어서 고마웠다.

"젊은 선생이 재미있군. 그래, 나도 잘 부탁해요."

교장 선생님은 악수하려 내밀었던 손으로 격려하듯 종혁의 어깨를 툭툭 쳤다.

"여깁니다. 같이 한번 둘러보시죠."

종혁은 교감 선생님의 안내에 따라 1학년 교실이 늘어서 있는 2층 복도를 걸었다. 쉬는 시간, 교실 안은 소란스러웠다. 귀문 고등학교는 남녀 공학으로 원래는 합반 형태였지만 올해 초, 학부모들의 지속적인 요구로 분반되었다고 했다.

"반을 떨어뜨린다고 사귈 애들이 못 사귑니까? 분반하든 합반하든 나뉠 애들은 나뉘고 붙을 애들은 붙고, 그런 건데 말이죠. 안 그렇습니까?"

교감 선생님이 종혁의 대답을 바라는 듯 눈빛을 보냈지만 종혁의 시선은 다른 곳에 가 있었다. 여학생 반인 4반을 지날 때 좀 의아한 장면을 봤기 때문이다.

4반 역시 다른 반들과 마찬가지로 두 개의 책상이 짝지어 붙어 있었는데, 창가 쪽 맨 마지막 줄에는 책상이 하나만 있었다.

학급 인원이 홀수라면 짝이 없는 아이가 나올 수 있다. 종혁이 이상하게 여겼던 것은 한 무리의 여학생들 때문이었다. 그 애들은 혼자 앉아 있는 학생의 책상 위에 걸터앉아 신나게 떠들어대고 있었다. 그것도 그 학생의 얼굴에 등짝이 닿을 정도로 가까이. 마치 없는 아이 취급하듯.

"왜 그래요, 최 선생?"

종혁이 그 자리에 멈춰 있자, 교감 선생님이 왜 안 따라오냐는 듯 돌아다보았다. 종혁은 생각을 털어내듯 고개를 저었다.

"아니, 아닙니다."

그 뒤로도 교감 선생님의 교내 투어는 계속되었지만, 종혁은 아까 본 그 광경이 자꾸 떠올랐다. 상당히 찜찜했다.

'난다. 왕따 냄새가.'

그는 '1학년 4반'을 머릿속에 꼭꼭 새겨두면서 교감 선생님의 뒤꽁무니를 열심히 따라다녔다. 길고 긴 투어가 끝나고 교무실로 갔을 때, 다른 교사들이 자리를 지키고 있었다.

"출산 휴가 중인 임 선생님을 대신해서 와주신 최종혁 선생님입니다. 최 선생님, 인사하세요."

종혁은 둘러서 있는 교사들을 향해 허리를 숙였다.

"최종혁입니다. 처음 발령받은 것이라 많이 미숙합니다. 배우는 자세로 임하겠습니다."

둘러선 선생님들이 환영한다며 박수를 쳤다. 악수를 하자고 손을 내미는 선생님은 없었다. 다행이었다. 이 직업을 선택하길 잘했다고, 스스로를 칭찬했다.

"1학년 선생님들부터 한 분씩 소개해 드릴까요? 이쪽은 1반 담임 선생님이신 민종필 선생님."

"우리 반에 주의할 녀석들은 이따가 알려드릴게요. 골치 좀 아프시겠지만 파이팅입니다."

민종필 선생님은 사람 좋은 웃음을 지어 보였다. 30대 후반쯤 되어 보였다.

이어서 2반과 3반 선생님의 인사를 받았다. 금세 이름이 외워지지는 않았지만 서서히 알아가면 되겠지, 하는 느긋한 마음이 들었다. 그보다는 아까 신경 쓰이는 일도 있고 해서 누가 4반 담임인지 궁금했다.

"이쪽은 4반을 맡고 계신 최란 선생님."

"안녕하세요. 최란입니다."

40대 중반으로 보이는 여성. 아담한 체구였다. 눈꼬리가 조금 올라가서인지 차가우면서 단단한 느낌이었다. 말투 역시 냉랭했다. 학생들에게 꽤 무서운 선생님으로 통할 것 같았다.

"잘 부탁드립니다."

허리를 숙이며 하는 종혁의 말에 최란 선생님은 살짝 목례하는 것으로 인사를 받았다.

종혁이 맡은 첫 수업은 1학년 1반. 남학생들의 반이었다.

칠판에 '최종혁'이라는 이름을 크게 적고 돌아서자 장난기가 뚝뚝 떨어지는 눈망울들이 쏟아졌다. 특히나 가운데 분단 맨 끝에 앉은 몸집이 제법 큰 아이가 의미심장한 미소를 짓고 있었다.

귓가에 경고음이 울렸다. 수업에 들어오기 직전 1반 담임 민종필 선생님이 알려주었던, 주의해야 할 학생 중 하나였다.

이름은 장홍두. 문제를 일으키는 학생이라기보다는 장난기가 많아 잘못 말리면 수업을 제대로 진행하기 힘들 수도 있다는 얘기였다. 특히 총각 선생님인 걸 알면 일부러 야한 농담을 할지도 모른다는 주의까지 받은 터였다. 종혁은 장난칠 틈을 주지 않기 위해 재빨리 말을 이었다.

"휴가 중이신 임경신 선생님을 대신해 국어 수업을 하게 된 최종혁입니다. 잘 부탁하고……. 임경신 선생님이 2과까지 진도를 나갔다고 알고 있는데 맞지요? 그럼 3과부터 나갈 테니 교과서를 한번 펴볼까요?"

"아우~."

종혁의 말에 아이들의 야유가 터졌다. 첫날부터 수업을 하는 게 어딨냐는 항의도 쏟아졌고 일부는 책상을 두드리기까지 했다. 끝줄 중간쯤에서 누군가 손을 들었다. 장홍두였다.

"질문은 안 받으세요?"

장홍두가 묻자 아이들이 "질문! 질문!"을 연호해가며 책상을 두드렸다. 올 게 왔다, 싶었다. 아이들이 보지 못하도록 살짝 인상을 썼다가 기계적인 미소를 띠며 말했다.

"수업에 관한 질문은 수업 시작하면……."

"결혼하셨어요?"

왼쪽 분단 중간에 앉은 녀석의 질문이었다. 장홍두와 시선을 교환하는 것이 보였다.

'이 녀석들, 결혼했다고 하면 뭘 질문할지 뻔하군.'

기혼인 선생님에게 여학생들은 첫사랑 이야기를 해달라고 하고, 남학생들은 첫날밤 얘기를 해달라고 한다. 남자들끼리 뭐 어떠냐는 말까지 하고. 하지만 종혁은 그런 일을 당할 필요가 없다.

"아직 미혼입니다."

"왜 못하셨어요?"

장홍두가 장난기 가득한 얼굴로 물었다. 얄밉기는 했지만 동시에 귀엽기도 했다. 종혁의 학창시절과는 완전히 다른 타입이었지만, 저런 게 보통 아이들 모습이겠지, 하고 생각했다. 요새는 청소년이라고 말하기도 힘들 정도로 엄청난 사건 사고를 일으키는 녀석들이 뉴스를 많이 장식하지만 대부분의 아이들은 이렇게 작은 일에 호기심을 가지고 깔깔 웃어대는 예쁜 녀석들인 것이다.

"문제가 뭔가요?"

왜 결혼을 못 했냐는 물음 뒤에, 바짝 마른 멸치처럼 생긴 아이가 마이크를 쥔 듯한 손 모양을 만들어 들이댔다. 종혁은 주저 없이 대답했다.

"손을 못 잡아서요."

갑자기 찬물을 뿌린 것처럼 조용해졌다. 눈을 둥그렇게 뜨고 껌벅거리며 어이없다는 듯한 얼굴을 하는 아이도 있었다. 대한민국의 신체 건강한 남자가 여자와 손을 못 잡아서 결혼을 못 했다는 것을 믿을 수가 없었기 때문일 것이다. 하지만 사실이었다.

연애를 하면 손을 잡아야 한다. 하지만 상대의 손을 잡았을 때 좋은 일이 있었던 적은 한 번도 없다. 사귀는 여자들에게서 읽히는 죄책감은 대체로 전 남친과 관련된 것이었다. 별로 알고 싶지 않았던 데다, 썩 유쾌한 경험은 아니었다. 한 번은 양다리를 걸친 데 대한 죄책감을 읽은 적도 있다. 그 뒤로 자연스레 여자를 사귀지 않게 됐다.

하지만 아이들은 질문을 피하기 위한 꼼수라고 생각하는 것 같았다. 여기저기서 야유가 터졌다. 종혁은 얼굴에 띤 웃음기를 거두고 책을 펼쳤다.

"자, 3과 펴요."

아이들이 입을 비쭉 내밀면서도 책을 펼쳤다. 종혁은 장홍두에게 3과에 나오는 시를 읽으라고 시키는 것으로 수업을 시작했다. 하필이면 고재종의 「첫사랑」이었다.

4반의 수업은 오후 첫 교시에 들어갔다. 다른 반에서 그랬던 것처럼 종혁은 칠판에 이름을 적은 뒤 반 아이들을 한번 훑어보았다.

반 분위기를 좌지우지하는 소위 '노는 애들'은 금방 눈에 띈다. 그런 애들은 대체로 맨 뒷줄에 있고, 선생을 보는 눈빛도 다른 아이들과는 다르다.

아이들을 살펴보던 중, 중간 줄 맨 끝자리에 앉은 여학생이 눈에 들어왔다. 교감 선생님이 안내를 해줄 때 봤던 아이다. 주인이 앉아 있든 말든, 남의 책상 위에 올라앉아 있던 녀석이었다. 마치 소파에라도 기댄 듯 상체를 잔뜩 뒤로 젖혀 앉은 품이 슬쩍 치면 넘어갈 것 같았다. 첫인상 때문인지 곱게 보이지 않았다.

자신을 보는 시선을 느꼈는지 그 학생이 의아하다는 듯 고개를 갸웃했다. 살짝 미간을 찌푸리는 것은 습관인 것 같았다.

"출산 휴가에 들어가신 임 선생님 대신 국어 수업을 맡게 된 최종혁입니다."

"와아아~."

여자아이들이 소리를 지르며 책상을 두드려댔다. 남자아이들과는 환호성의 음역대가 달랐다. 새로운 남자 선생님에 대한 호기심이 눈에서 또르르 굴렀다.

"자, 그럼 오늘은 첫 만남이니까……."

"첫사랑 얘기해주세요!"

"꺄아악!"

누군가 소리치자 아이들은 서로 환호성 같은 비명을 지르며 책상을 두드리거나 짝꿍과 손뼉을 쳐댔다. 종혁은 당황하지 않고 미소를 지었다. 그가 웃자 아이들은 기대감 어린 눈망울을 또랑또랑 빛냈다.

"그럼 첫 만남인 만큼……. 성실히 진도를 나갑시다."

"에이~."

아이들이 야유하기 시작했다. 종혁은 웃는 얼굴로 꿋꿋이 교과서를 펼치고 수업을 시작할 준비를 했다. 중간고사가 시작되기 전에 제대로 진도를 빼놓지 않으면 시험 전에 마지막 포인트 정리를 해줄 시간이 없다. 대타로 왔다 해서 대강 할 생각은 없었다.

교과서를 펴면서 종혁은 또다시 신경이 쓰였다. 창가 쪽 맨 끝자리, 그러니까 아까 거만하게 앉아 있던 여학생이 올라앉았던 그 자리의 학생은 내내 웃지 않는다는 점이었다.

종혁은 출석부를 폈다. 앉은 자리 순으로 학생들의 이름이 적혀 있었다. 중간 줄 맨 끝자리에 앉은 거만한 여학생의 이름은 변세영이었다. 그 이름을 눈에 박아 넣으면서 이번엔 창가 쪽 여학생의 이름을 확인하려는데 출석부에 적혀 있지 않았다. 뭔가 착오가 있는 듯했다.

"선생님, 저희 3과 나갈 차례인데요."

앞에서 두 번째 줄에 앉은 아이가 조심스럽게 손을 들었다. 아마 종혁이 수업의 진도를 몰라 당황하는 걸로 보았던 모양이다. 종혁은 짝 없는 아이의 이름을 물어볼까 하다가 그만두었다. 첫날부터 한 학생에게 특별히 관심을 보이는 건 좋지 않은 일이었다.

"고맙다."

웃어주고 돌아서서 3과의 제목 '서정 갈래의 이해'를 칠판에 썼다. 1반과 마찬가지로 「첫사랑」이라는 시로 시작했다. 여기저기서 "꺄아." 하는 소리가 들려왔다.

"누가 읽어볼까?"

아무도 대답하지 않았다. 종혁은 슬며시 웃고는 출석부의 배치도를 다시 열었다. 적혀 있는 많은 이름 중에서 고르려는 것은 아니었다. 사실 지목할 녀석은 이미 머릿속에 정해놓고 있었다.

"변세영."

교과서도 보지 않고 의자가 넘어갈 듯 앉아 있던 녀석이 눈을 동그랗게 뜨며 종혁을 보았다. 덜컹, 하며 허공에 떴던 의자의 앞다리 두 개가 교실 바닥에 닿았다.

"읽어봐. 그리고 첫 행이 무엇을 의미하는지 말해볼까?"

그는 잔뜩 울상이 되는 변세영의 얼굴을 보며 의미심장하게 웃었다.

종혁은 왕따였다. 아니, 정확히는 은따였다. 은따를 별칭으로 갖게 된 계기는 명확히 있었다.

고등학교 입학식이 있었고, 같은 반에는 아는 아이들이 별로 없었다. 어느 날 멍하니 있는 사이 서넛 혹은 그 이상의 아이들이 무리 지어 지나갔다. '쟤들은 어떻게 빨리 친해진 걸까.' 생각하는 사이 점심시간이 찾아왔고, 종혁은 혼자 밥을 먹었다. 아무 말을 하지 않으니 다가오는 아이도 없었다.

문제는 체육 시간에 터졌다. 50미터 달리기 측정을 하던 수업이었는데 종혁이 넘어졌다. 같이 달리던 앞 번호 아이가 종혁의 손을 잡아당겼다. 종혁은 번개라도 맞은 듯 거칠게 손을 뿌리쳤다. 어쩔 수 없었다. 갑작스럽게 남의 죄책감을 읽는 일은 그 자체로 죄책감이 들 만큼 기분 좋은 일이 아니었기 때문이었다.

하지만 다른 아이들이 종혁의 사정을 알 리가 없었다.

"내 손에 더러운 거 묻었냐? 기분 더럽네."

그 친구의 말 한마디로 종혁은 3학년이 될 때까지 밥을 혼자 먹었다. 어쩌면 차라리 그게 편했는지도 모른다.

하지만 사물함에 쓰레기가 가득하다든가 다른 아이들 앞에서 치욕을 당한다든가 하는 일은 없었다. 고등학교를 졸업한 후 선생님이 된 지금, 뉴스에 나오는 왕따 사건을 보면서 그때의 아이들은 꽤 착한 게 아니었나 생각하게 됐다.

"어이, 최 선생. 무슨 생각을 그렇게 해?"

누군가 부르는 소리에 종혁은 퍼뜩 정신을 차렸다. 교감 선생님이 술잔을 들고 자신을 쳐다보고 있었다.

"주인공이 그렇게 멍때리고 있으면 되나?"

맞다. 지금은 신입 교사의 첫 출근을 기념하는 회식 자리였다. 종혁은 깊은 생각에서 벗어나 눈앞에 있는 술잔을 들었다. 교감 선생님이 빈 술잔을 채웠다.

"우리 학교에 온 걸 축하해요."

"감사합니다."

"암요, 축하할 일이기도 하고 감사히 여길 일이기도 하죠. 우리 학교처럼 사고 없이 조용한 학교도 없는걸요."

옆자리에 앉아 있던 남자 선생님이 웃으며 분위기를 맞췄다.

음악을 담당하고 있다고 들었다. 그는 판소리에서 고수가 장구를 치듯 교감 선생님의 말을 이어받았다.

"난 학폭위가 뭔지도 몰랐잖아요. 우리 학교는 그런 것 열릴 일이 한 번도 없어서. 최 선생이 얼마나 운 좋은 건지 알겠죠, 응?"

교감 선생님이 술잔을 들며 으하하, 웃었다. 자기가 한 말에 자기가 웃는 것은 특유의 습관인 것 같았다. 대답을 원하는 것 같아 종혁은 어색하게 웃으며 교감 선생님의 술잔에 자신의 잔을 가볍게 부딪쳤다. 몸을 돌리고 술잔을 비웠다. 입맛이 썼다.

학폭위만 열리지 않으면 좋은 학교인가. 선생님들은 수면 아래에 깔린 아이들의 진실 같은 것에는 관심이 없다.

문득 고개를 돌리다가 맞은편에 앉아 있던 최란 선생님과 눈이 마주쳤다. 그녀는 무뚝뚝한 얼굴로 시선을 피했다. 창가 맨 끝자리 아이에 대해 물어볼까, 아니면 반에 은따는 없냐고 한번 이야기를 꺼내볼까 하다가 말았다. 모두 회식이라고 기분 좋아하고 있는데 분위기를 깨는 건 안 될 일 같았다.

다음 날 정확히 아침 일곱 시에 종혁은 귀문 고등학교의 정문을 통과했다. 학교의 잡일을 담당하는 아저씨가 청소를 하다가 종혁을 보고 놀라는 눈치였다. 그러고 보니 아저씨와는 인사를 안 했던 것이 생각나 목소리를 높여 말했다.

"어제부터 새로 온 교사입니다. 일찍 볼일이 있어서요."

"아아."

아저씨는 알겠다는 듯이 말끝을 늘이며 인사 대신 살짝 고개를 숙였다. 종혁은 재빨리 학교 건물로 걸음을 옮겼다.

그는 은따 생활을 통해 체득한 것이 있다. 은따라고 해서 다 같은 은따는 아니라는 것. 자신은 다행히 '기본 은따' 정도에서 끝났지만, 아닌 경우도 많다.

아예 없는 사람 취급을 당하는 경우도 있고, 왕따 직전 단계인 경우도 있다. 어제 변세영이 책상 위에 올라앉았던 모습을 봐서는 없는 사람 취급을 당하는 경우일 수도 있는데, 그런 거라면 차라리 낫다. 행여 왕따로 가는 직전 단계라면 섣불리 보아 넘겨서는 안 된다.

다른 학생들보다 먼저 4반 교실에 도착하기 위해 종혁은 걸음을 재촉했다. 건물 안으로 들어가자마자 실내화로 갈아 신고 곧장 2층으로 올랐다. 복도는 정적에 잠겨 있었다. 종혁의 걸음에 덜걱거리는 실내화 소리만이 조용히 울려 퍼졌다. 그는 4반 앞에 도착해 문을 열기 전, 창문 너머로 안을 살펴보았다. 다행히 아무도 없었다.

문을 반쯤 밀어 열고 교실 안으로 들어갔다. 그러고는 곧장 창가 쪽 제일 끝자리로 향했다. 끝자리에 도착한 그는 책상을 내려다보고 자신도 모르게 혀를 찼다.

'이런, 이런.'

책상에는 낙서가 한가득이었다.

"일찍 왔네, 최 선생? 괜찮아?"

인사를 하며 들어온 것은 민종필 선생님이었다. 종혁은 의자에서 살짝 엉덩이를 떼며 고개를 숙였다.

"네, 전 괜찮습니다."

"역시 젊은 피라 다르네."

뒤에 들어오던 교감 선생님이 그 소리에 헛웃음을 뱉었다.

"번데기 앞에서 주름 잡습니까?"

그렇게 말하는 교감 선생님의 얼굴은 하얗다 못해 파랗게 질려 있었다. 어제 꽤 많이 마신 탓이었다. 아무래도 오전 동안에는 교감 선생님의 기분을 건드리지 않는 게 좋겠다는 생각이 들었다.

교감 선생님 뒤로 최란 선생님이 들어왔다. 그녀의 표정은 어제와 조금도 다르지 않았다. 아마 내일도 다르지 않겠지만.

"안녕하세요, 선생님."

종혁이 먼저 인사를 했다. 최란 선생님은 시선을 마주치지도 않고 고개를 숙이며 자신의 자리로 갔다. 그녀의 자리는 종혁의 바로 맞은편 책상이었다.

"네, 안녕하세요."

들릴 듯 말 듯한 인사를 들은 종혁은 조금 머뭇거리다가 책상 너머로 살짝 머리를 들었다.

"선생님, 수업 시작 전에 잠깐 드릴 말씀이 있는데요."

예상을 못한 듯 최란 선생님이 눈을 둥그렇게 뜨고 종혁을 보았다.

종혁은 최란 선생님과 함께 학교 건물 뒤편의 벤치로 나갔다. 어제 이리저리 돌아다니다가 봐둔 장소였다. 커다란 나무 아래에 있어 운치도 있는 데다 한여름엔 시원할 것 같았다.

벤치 위에는 나뭇잎이 몇 개 떨어져 있었다. 종혁은 손으로 얼른 벤치를 쓸고는 앉으라는 듯 손짓을 해 보였다. 최란 선생님은 여전히 표정 변화 없는 얼굴로 자리에 앉았다.

"무슨 말씀이신데 바깥까지 나와서……. 말씀하세요. 곧 수업 시작이니까."

'빨리'라는 단어만 뺐을 뿐 그녀의 말투에서 재촉하는 게 느껴졌다. 종혁이 그녀의 옆에 앉았다.

"오늘 제 첫 수업이 선생님 반입니다."

"그래서요?"

"출석부 보니까 창가 맨 끝자리에 앉아 있는 학생, 이름이 안 적혀 있어서 제가 이름은 모르겠는데……."

최란 선생님이 종혁의 얼굴을 보았다. 경직된 표정과 반대로 눈빛이 살짝 떨렸다. 무슨 말을 하려는지 읽으려는 듯 종혁의 얼굴을 빤히 보았다. 종혁은 그 시선을 피하지 않고 곧게 응시했다.

"혼자 앉아 있는 학생 말입니다. 혹시 왕따 당하는 것 아닌가요?"

바로 돌직구를 날렸다. 돌려 말하는 것보다는 훨씬 나을 것 같았다. 오늘 아침 그가 본 그 아이의 책상에는 낙서가 가득했다. 책상 서랍에는 쓰레기도 있었고, 분명 그 아이의 물건이 아닐 것이 분명한 담배꽁초도 들어 있었다. 아직 직접 괴롭히는 모습을 목격한 건 아니지만, 예전에 자신이 당한 은따의 형태는 훨씬 넘어선 것으로 보였다.

"지금 무슨 말씀을 하시는 거예요?"

무슨 말이냐고 되묻고 있지만, 그녀의 일그러진 표정은 모든 것을 말해주고 있었다. 알고 있지만, 알고 싶지도 않고, 다른 사람에게 알리고 싶지도 않다고.

종혁은 침착하게 말했다.

"만약 모르시면 이제라도 아셔야 할 것 같아요. 아침에 보니 아이들이 책상에 낙서를 해놓고 쓰레기와 담배꽁초도……."

"선생님."

최란 선생님이 종혁의 말을 잘랐다. 그러곤 잠시 고개를 숙인 채 뭔가를 생각하는 듯 눈을 깜박였다. 천천히 고개를 든 그녀는 분명한 어조로 말했다.

"그 일은 신경 쓰지 않으셨으면 좋겠어요."

"네?"

당황한 것은 종혁이었다.

"아는 척하지 않으셨으면 한다고요. 그러니까 괜히 아이들에게 사이가 어떤지 묻거나 그 아이를 특별히 대하지도 않으셨으면 좋겠어요. 일부러 수업 시간에 질문을 한다든가 하는 일도 없었으면 해요. 그냥 내버려 두라는 말씀을 드리는 거예요."

"그건……."

"선생님, 여기가 첫 부임이라고 하셨죠?"

그녀의 눈에 이상한 빛이 지나갔다. 초임이니 시키는 대로 하라 이건가.

"맞습니다."

"왕따 문제요? 심각하죠. 하지만 왕따에 이르기까지 어른들의 잘못된 대처도 한몫한답니다. 괜한 관심, 그것도 학교에 새로 부임한 젊은 총각 선생님의 특별한 관심은 한창 예민한 시기의 아이들을 더 자극할 수도 있죠."

종혁은 그렇게 생각하지 않았다. 지금 최란 선생님이 하는 말은 언뜻 들으면 맞는 것도 같지만, 결국엔 아이들 문제에 나서고 싶지 않다는 뜻이나 다름없었다.

"선생님도 점점 연차가 쌓이시면 제가 무슨 뜻으로 하는 말인지 알게 되실 거예요. 저희 반은 제가 알아서 할 테니 너무 걱정 마시고요. 이 이야기는 알아들으신 것으로 알게요. 먼저 들어가 보겠습니다."

최란 선생님이 자리에서 일어섰다. 때 이른 더위가 찾아온 날씨인데도 서늘한 기분이 들었다. 아이들 싸움을 말리는 정도의 문제가 아니었다. 모든 아이들의 손과 손을 맞잡게 하고 어화둥둥 다 같이 잘 지내는 교실 따위는 없다는 걸 잘 안다. 작고 큰 질투나 싸움은 당연히 있을 수 있다. 하지만 이건 다수의 폭력이라 할 수 있는 왕따 문제였다.

문득 이 학교에는 한 번도 학폭위가 열리지 않았다는 말이 떠올랐다. 학폭위가 열리지 않은 것이 아니라 열지 않은 것이 아닌가 하는 생각까지 들었다. 아이들의 힘듦에 대해 모르는 척하는 것으로 학교의 안위를 지키는 것은 아닐까.

자리에서 일어난 최란 선생님은 종혁에게 살짝 고개를 숙이고는 먼저 교무실을 향해 걸어갔다. 그녀의 단호한 뒷모습에 종혁은 왠지 화가 났다. 특별한 직업윤리를 갖고 교사가 된 것은 아니지만, 이건 아니라는 생각이 들었다.

"선생님."

최란 선생님이 걸음을 멈추고 아직 할 말이 있냐는 듯 뒤돌아보았다.

"그 아이 이름이 뭔가요?"

종혁은 그녀를 노려보았다.

"……박소라입니다."

"출석부에 일부러 적지 않으신 건 아니죠?"

"무슨 뜻으로 하시는 말씀이죠?"

"무슨 뜻이 있겠습니까? 왜 적지 않으셨는지 궁금해서요."

"……그냥 실수예요. 적어 놓도록 하죠."

최란 선생님은 아까보다 조금 더 빠른 걸음으로 교무실을 향해 걸어갔다.

1학년 4반은 1교시부터 국어 수업이었다. 종혁은 아이들이 등교하기 한참 전인 아침 일찍 교실로 가 박소라 책상을 정리해 둔 터였다. 그걸 본 아이들 반응이 어떤지 궁금했다.

교실 문을 열자 예상했던 대로 평소와는 다른 분위기가 공중을 떠다녔다. 종혁이 들어선 순간 아이들은 조용히 몸을 앞으로 돌렸지만 변세영은 뭔가 기분 나쁜 얼굴로 슬쩍슬쩍 소라 쪽을 훔쳐보다가 고개를 돌렸다.

"차렷! 경례!"

반장의 구호에 맞춰 아이들이 인사를 했다. 변세영의 불편한 얼굴을 보자 종혁은 한방을 제대로 먹인 듯한 기분이 들었다.

아이들 문제에 교사가 바로 끼어드는 것은 100퍼센트 좋은 결과를 장담할 수 없다. 하지만 무관심하게 방치해서도 안 된다는 게 그의 생각이다. 종혁은 앞으로 이 일이 어떤 방향으로 흘러갈지 주의 깊게 살피기로 했다. 누군가 자신의 행동을 지켜보고 있다는 것만으로도 뜨끔해서 괴롭히는 걸 멈춘다면 어린 나이에 할 수 있는 일탈 정도로 넘길 수 있지만, 더 나쁜 행동으로 진행된다면 직접 대놓고 개입하는 것까지 고려하고 있다.

그날 점심시간, 종혁은 캔커피를 하나 뽑아 옥상으로 갔다. 학생은 옥상 출입 금지, 교직원들에게만 허용되는 공간이다. 예상대로 아무도 없었다.

하루 종일 다른 사람과 손이 닿을까 긴장하고 지내는 건 아주 피곤한 일이다. 특히 쉬는 시간마다 민종필 선생님의 아재 개그에 억지로 웃어주는 일은 엄청난 고역이었다. 어쩌면 직업을 잘못 선택한 건지 모른다. 아예 바깥에 나가지 않고 아무도 안 만나면서 어머니가 흡족해할 만한 그런 일은 없을까.

캔커피를 따 시원하게 한 모금 넘기는데, 뒤쪽에서 인기척이 느껴졌다. 종혁은 입술에서 캔커피를 떼고 뒤를 돌아보았다.

"왜?"

다가와 있던 것은 박소라였다. 학생에겐 출입이 금지된 옥상까지 올라온 것을 보면 종혁을 뒤쫓아온 게 아닌가 싶었다. 바로 뒤까지 와서도 "선생님"이라고 부르지 못한 채 머뭇거리고만 있었던 것이다.

종혁이 돌아보자 박소라의 어깨가 흠칫 떨렸다. 가까이에서 보니 얼굴까지 창백해져 있었다. 꽤 당황한 모양이다.

"할 말 있어, 박소라?"

그의 말에 소라가 얼굴을 퍼뜩 들었다. 떨리던 눈동자는 동그라니 커져 있었다. 담임 선생님도 아니고, 갓 부임한 신입 선생이 자기 이름을 알고 있다는 사실에 놀란 듯했다.

"할 말 있음 해. 점심시간 끝나간다."

점심시간은 20분이나 남아 있었지만 종혁은 손목시계를 들여다보며 일부러 재촉했다. 눈도 마주치지 못한 채 안절부절못하던 박소라가 입을 뗀 건 종혁이 한참 동안 그녀를 들여다보고 난 뒤의 일이었다.

"혹시…… 제 책상 닦아주시고 치워주신 거……, 선생님이세요?"

"어."

대답은 간난했다. 예상했던 질문이다. 하지만 다음 말은 전혀 의외였다.

"저……. 앞으로는 그런 일 하지 말아주세요."

"그런 일? 아이들이 네 책상에 낙서하고 쓰레기 버린 걸 치우는 일?"

종혁은 미간을 약간 찌푸리고 박소라를 보았다. 박소라는 뭔가 생각에 잠긴 듯 바닥을 내려다보다 말했다.

"그거 우리 반 애들이 한 거 아니에요. 누가 일부러 그런 것도 아니고요."

해명이었지만 부탁하는 듯한 말투였다. 제발 끼어들지 말아 달라는 건가.

종혁은 자신의 학창 시절을 되돌아보았다. 늘 외톨이였던 종혁을 가끔 선생님들이 신경 써줄 때가 있었다. 반장에게 잘 챙기라고 당부한다든지, 반에서 인싸인 아이를 불러 친하게 지내라고 한다든지 말이다. 하지만 그런 선의는 좋은 결과를 낳지 못했다. 박소라도 그런 것을 신경 쓰는 것 같았다.

종혁이 말했다.

"누가 일부러 그런 게 아니라면 왜 책상이 그 모양이 된 거야?"

"어쩌다 보니 그렇게 된 거예요. 제 관리 잘못이라구요."

"어떻게 관리를 하면 그렇게 되는 건데?"

"그러니까……."

"어쨌든 쓰레기를 버린 건 네가 아니라는 거잖아? 내가 반 애들한테……."

"그러지 마시라고요!"

박소라의 목소리가 날카롭게 치솟았다. 종혁이 놀란 눈으로 박소라를 보았다.

"상관하지 마세요. 아무것도 알려고 하지 마시라고요."

두 사람은 서로를 바라본 채 한참이나 서 있었다. 더운 바람이 불어왔다. 종혁은 흐트러진 앞머리를 옆으로 밀치며 한숨을 내쉬었다.

모든 왕따에 특별한 이유가 있는 건 아니다. 피해자가 원인 제공을 해서 왕따가 벌어지는 건 아니라는 거다. 자기도 알지 못하는 순간 별것 아닌 일로 왕따가 되어버리는 일은 부지기수다. 그래서 왕따 피해자에게서 왕따의 이유를 찾는 건 무의미하다.

하지만, 박소라의 태도에는 그냥 지나칠 수 없는 무언가가 있었다. 단지 선생님의 선의가 부담스러워서라고 하기엔, 말투나 표정이 절박해 보이기까지 했다. 필사적으로 무언가를 감추려는 것 같았다. 혹시 박소라에게 어떤 문제가 있었던 건 아닐까?

종혁은 잠시 생각하다가 '그 일'을 하기로 했다. 너무나도 하기 싫어하는 그 일. 직업까지 고르고 골라 선생님이 될 만큼 싫어하는 그 일. 바로 박소라의 죄책감을 읽어내는 일 말이다.

종혁이 생각에 잠긴 사이 대화가 끝난 것으로 생각한 박소라가 허리를 숙여 인사를 하고는 뒤돌아섰다. 교실로 돌아가려는 것이다. 종혁은 자연스럽게 손을 뻗었다.

"잠깐만."

뒤돌아서는 박소라의 손을 잡았다. 순간 종혁의 눈이 터질 듯 커다래졌다. 박소라가 놀란 눈으로 그를 보았다. 종혁은 감전이라도 된 사람처럼 눈에 핏줄이 서기 시작했다. 그러면서도 박소라의 손을 놓지 못했다. 박소라의 안에 가득 차 있는 것들이 잡은 손을 타고 끊임없이 흘러들어왔다.

어둠. 어둠. 어둠.

박소라에게서 흘러나오는 것은 깊은 어둠뿐이었다.

"왜 이러세요!"

박소라가 손을 먼저 뿌리치지 않았다면 종혁은 어떻게 됐을지 모른다. 그는 떨리는 눈으로 박소라를 응시했다. 그녀에게선 아무런 기억도 읽어낼 수 없었다. 느껴지는 건 까마득한 어둠뿐이었다.

"저 먼저 내려가 볼게요. 아까 말씀드린 거 꼭 부탁드립니다."

살짝 고개를 숙여 인사한 뒤 총총총 걸어가는 박소라의 뒷모습을 종혁은 물끄러미 보았다. 그림자가 없었다.

그날 오후, 종혁은 깊은 생각에 잠겼다. 박소라의 존재를 깨닫자 많은 의문들이 생겨났고, 또한 많은 것들이 맞아 들어가기 시작했다.

"퇴근 안 해요?"

문득 들려오는 목소리에 고개를 들자 교감 선생님이 의아하다는 듯이 그를 보고 있었다. 동시에 벽에 걸린 시계를 보니 이미 여덟 시가 가까워져 오고 있었다. 창밖은 벌써 어두웠다. 주변을 돌아보니 다른 선생님들은 벌써 퇴근한 뒤였다. 분명 인사를 하고 갔을 텐데 멍하니 있느라 혼자 남는 것도 모르고 있었던 모양이었다.

종혁은 괜스레 책상 위에 있는 서류를 뒤적였다.

"할 일이 좀 남아 있어서요. 교감 선생님은 왜 퇴근 안 하셨습니까?"

"나야, 뭐. 집에 일찍 가도 할 일이 없어서."

종혁이 눈을 깜박거리자 교감 선생님이 유쾌한 웃음을 터뜨렸다.

"농담이고, 어떤 장난꾸러기 놈들이 텃밭을 밟아놨잖아. 좀

224

다독거려 놓느라고 이제야 가요."

교감 선생님은 체육관 건물 뒤에 남는 작은 땅을 텃밭으로 일구고 있었다. 딱히 그곳에서 뭔가를 수확하려 한다기보다는 심심풀이 같은 것이었다. 교감 선생님은 올해 겨울 퇴직을 앞두고 있다. 그런 사람에게는 확실히 일이 적게 주어진다. 내년도의 업무에 대해 공유할 필요가 없어지기 때문이다. 그런 사람의 기분은 어떨까. 문득 교감 선생님이 안쓰럽게 느껴졌다.

"그럼 난 이만 먼저 들어갈게요. 최 선생도 얼른 마무리하고 들어가요."

"아, 교감 선생님."

종혁이 불러 세우자 교감 선생님이 돌아서다 말고 그를 보았다. 종혁은 잠시 머뭇거리다 웃으며 손을 가로저었다.

"아뇨, 아닙니다."

교감 선생님이 의아한 듯 고개를 갸웃했다. 다시 한번 종혁이 별일 아니라며 웃어 보이자 교감 선생님도 미소를 지었다.

"도움 필요한 일 있으면 어려워하지 말고 언제라도 말해요."

"네, 감사합니다."

교감 선생님은 사람 좋아 보이는 웃음을 지으며 나갔다. 문이 완전히 닫힌 뒤, 종혁의 얼굴에 미소가 사그라졌다.

교감 선생님이 아는 게 있을 리 없다.

종혁은 언제든 도움이 필요하면 말하라는 교감 선생님의 말을 떠올렸다. 미안한 일이지만 도움보다는 이용되어 주셔야 할 것 같았다.

행정실장은 아직 퇴근을 하지 않고 있었다.

"최 선생님, 이 시간엔 웬일로?"

"교원 인사기록 카드 좀 보려고요. 교감 선생님께서 선생님들 바뀐 개인정보를 정확히 확인해서 반영해놓으라고 하셨거든요."

그런 일은 당연히 시킨 적이 없다. 행정실장이 굳이 교감 선생님에게 확인하지만 않는다면 들킬 거짓말은 아니다. 종혁은 마음속으로 교감 선생님에게 사과했다.

"교원 기록 업데이트는 행정실에서 할 일인데요?"

살짝 움찔했지만, 신기하게도 종혁의 입에서 거짓말이 술술 나왔다.

"제가 교감 선생님께 살짝 미움을 사서요."

종혁은 억지웃음을 지으며 어깨를 으쓱했다. 행정실장이 눈을 가늘게 뜨며 웃었다.

"그런 분이 아닌데, 단단히 미움을 사셨나 봐요."

"뭐 그렇죠."

행정실장은 뒷머리를 긁적이는 종혁에게 웃어 보이며 자신의 책상 뒤편에 놓인 낡은 캐비닛 문을 열었다. 캐비닛 위쪽 칸에 있는 교원 인사기록 카드 파일은 상당히 두꺼웠다.

"전부 전산화되어 있는 자료예요. 선생님들께 변동 있는 내용만 확인하시고 살짝 얘기하시면 교감 선생님 몰래 전산 파일 드릴게요. 수정만 하시면 되니까요."

행정실장이 의미심장하게 윙크했다.

"감사합니다."

"그럼 변동 있는 내용 기록하신 뒤에 잘 반납해주세요."

행정실장은 퇴근할 거라고 말하는 듯 가방을 들며 자리에서 일어났다. 종혁은 인사기록 카드 파일을 들고 행정실장과 함께 행정실에서 나왔다.

교무실에 돌아온 종혁은 자리에 앉아 인사기록 카드를 펼쳤다. 그리고 자신이 확인하고자 하는 사람의 이름을 찾았다. 인사기록 카드에는 대략적인 개인정보를 비롯해 출신 학교, 이전 근무 이력 같은 것이 적혀 있었고, 발령 당시의 건강검진 결과지와 각종 서류들이 첨부되어 있었다.

종혁은 서류들을 살폈다. 이미 예상하고 있는 것을 확인하는 절차에 불과했지만 종혁은 등허리에 소름이 지나가는 것을 느꼈다.

다음 날, 종혁은 이른 아침부터 운영하는 학교 근처 카페에 앉아 있었다. 아직 출근 시간까지는 한 시간이나 남았는데도 커피를 사러 들어오는 사람들이 많았다. 다행히 종혁이 앉은 2층 좌석은 한적했다. 얼마 지나지 않아 계단을 오르는 발걸음 소리가 들렸다.

"아침부터 무슨 일이죠?"

이어서 특유의 냉랭한 목소리가 들려왔다. 종혁은 자리에서 일어났다. 최란 선생님이었다. 종혁은 맞은편 자리를 가리켰다.

"앉으시죠."

최란 선생님은 무슨 얘기를 하려는지 가늠이 가지 않는다는 표정으로 종혁을 훑어보더니 자리에 앉았다.

"출근 시간 다 되어 가니까 빨리 얘기해주세요."

최란 선생님이 재촉했다. 종혁은 곧장 입을 열었다.

"빈 책상은 치워야 하지 않을까요?"

그의 질문 아닌 질문은 급소를 건드린 것 같았다. 최란 선생님은 마치 한 대 맞기라도 한 것처럼 어깨를 흠칫 떨었다. 그러고는 조용히 한 손으로 테이블 끝자락을 잡았다. 평정을 찾으려 하는 것 같았다.

"그, 그게 무슨 말씀이세요?"

"선생님 반 맨 끝자리요. 빈자리니까 치워야 하는 것 아니냐고요."

"지난번에도 말씀드렸지만, 저희 반 일은 제가 알아서……."

"지난번에는 왕따 의심 학생에 대해 말씀드렸었죠. 빈자리라고 말씀드리진 않았는데요. 그런데 그때도 우리 반 일이니 간섭 말라고 하시더니 빈자리라는 말에도 같은 말씀을 하시네요. 그자리는 빈자리인가요, 왕따 학생의 자리인가요?"

"무슨……."

최란 선생님은 '무슨 말을 하고 있는 거냐.'라고 묻고 있었지만, 눈빛은 달랐다. '어떻게, 어디까지 알고 있는 것이냐.'를 묻는 것만 같았다. 종혁은 두 손으로 자신의 커피잔을 감싸 쥐었다. 그 안으로 시선을 떨구면서 지금까지 누구에게도 하지 않았던 이야기를 꺼냈다.

"저는 남들과는 좀 다른 점이 있어요. 자세하게 말씀드리기는 힘들지만 다른 사람과 접촉하면 그 사람이 갖고 있는 감정 같은 것을 제가 느낄 수 있죠."

최란 선생님은 미간을 찌푸렸다.

"지금 무슨 말도 안 되는 얘길 하시는 거예요? 장난하시는 거라면 일어나겠습니다."

"말도 안 되는 일이긴 하죠. 하지만 뭐 저 같은 사람 하나 있다 한들 뭐 어떻겠습니까."

그 순간 종혁은 날카로운 눈빛으로 최란 선생님을 응시했다.

"귀신도 있는 세상에."

일어서던 최란 선생님이 그대로 굳어버렸다. 그녀는 듣지 말아야 할 것을 들은 사람처럼 입술을 파르르 떨며 그를 돌아보았다. 종혁은 차분하게 웃었다.

"앉으세요."

최란 선생님은 아무런 대답을 하지 않았다. 아직 종혁을 완전히 믿지 않는 듯 구겨진 이맛살은 펴지지 않았다. 하지만 자리를 뜨지도 않았다. 조금 그대로 서 있다가 말없이 자리에 앉았다. 시선은 줄곧 종혁을 피하고 있었다.

"박소라, 그 아이에게서는 아무것도 읽히지 않았어요. 처음 있는 일이었습니다."

죽은 경우에는 손을 잡아도 아무것도 읽을 수 없다는 것을 처음 알았다. 그림자가 없는 박소라가 귀신이라는 것을 깨달았을 때였다.

"하다 하다 이젠 귀신까지 보이다니. 황당하고 기가 막혔어요. 도대체 왜 나한테만 이런 일이 일어나는 건가 싶고요. 그런데요, 생각해보니 저만 본 게 아니더라고요. 제가 처음 선생님께 그 자리에 대해서 이야기를 했을 때 기억하시죠? 선생님은 빈자리라고 말하지 않았어요. 선생님도 박소라를 보고 있으셨던 거죠. 의아하단 생각이 들었어요. 어릴 때부터 이상했던 나는 그렇다 치고 선생님은 왜 박소라가 보이는 걸까……."

종혁이 말하는 동안 최란 선생님은 아무런 대답도 하지 않았다. 얼굴은 하얗게 질렸고, 두 손은 힘껏 무릎을 쥐고 있었다.

"교직원 인사 서류에 있는 가족관계 기록부를 보고 알았습니다. 박소라. 작년에 사망했다고 적혀 있더군요. 선생님 딸 박소라."

최란 선생님이 눈을 깊게 감았다. 고집스럽게 다문 입술은 파랗게 질려 있었다. 종혁은 최란 선생님이 어떤 말을 할지 궁금했다. 하지만 사실 확인은 이미 끝난 일이기에 굳이 답변을 재촉하지는 않았다.

파랗게 질린 침묵이 둘 사이의 공기를 무겁게 짓누를 무렵, 예상치 못한 일이 벌어졌다. 최란 선생님이 별안간 무릎을 꿇은 것이다.

종혁이 놀라 벌떡 일어섰다.

"선생님, 왜 이러세요. 일어나세요, 얼른!"

종혁이 일으키려 했지만 최란 선생님은 꼼짝도 하지 않았다.

"모른 척해주세요. 그 아이가 거기에 있을 수 있도록……. 제발 부탁드려요. 제발 모르는 척해주세요."

"선생님……."

"전 그 애에게 좋은 엄마가 아니었어요."

잠시 뒤 진정한 최란 선생님이 자신의 이야기를 시작했다. 종혁에게 이야기할 수 있어서 차라리 다행이라는 듯한 얼굴이었다.

"선생님의 딸이면 다른 선생님들 사이에서도 어느 정도 성적에 대한 기대가 있어요. 전 그 기대를 채우길 소라에게 강요했죠. 지금 생각해보면 그다지 나쁜 성적도 아니었는데 전 만족하지 못했어요. 그걸로 일일이 부딪혔고, 하필 그 아인 그때 사춘기였고."

남편과 이혼한 최란 선생님은 보란 듯이 아이를 잘 키워내고 싶었다고 말했다. 누가 봐도 '흠잡을 데 없이 잘 자란 아이'로 만들고 싶었다. 아빠의 빈자리 따위는 느껴지지 않는 아이로.

그 생각은 크게 잘못된 것이었다는 걸 이제야 알게 되었다고 최란 선생님은 말했다. 다른 사람들에게 아빠의 빈자리가 느껴지지 않는 아이로 키울 것이 아니라 소라가 아빠의 빈자리를 느끼지 않도록 애정을 쏟았어야만 했다. 최란 선생님의 잘못된 기대가 소라에게 채찍으로 작용했다.

"하루에도 몇 번씩, 얼굴을 마주칠 때마다 싸웠어요. 공부는 제대로 하고 있는 거냐. 성적은 왜 오르지 않는 거냐. 너 때문에 교무실에서 얼굴을 들 수가 없다는 소리도 했죠."

매일같이 이어지는 싸움은 두 사람을 모두 지치게 했다. 나중에는 기억도 나지 않을 사소한 문제가 큰 싸움으로 번지기도 했다.

"그러던 어느 날이었어요."

그날도 시작은 다르지 않았다. 지리멸렬한 신경전이 이어졌고, 두 사람의 사이는 냉랭하게 얼어붙어 있었다. 그 끝에 최란 선생님이 참지 못하고 소리쳤다.

널 낳은 것을 후회한다고.

더 이상 집에 있지 못할 것 같아 지갑을 들고 나갔다. 밖으로 나가면서도 내내 그런 생각을 했다. 쟨 누구를 닮아서 저럴까. 왜 내가 원하는 대로 따라주지 않을까. 더 어려운 환경에 있는 아이들도 스스로의 힘으로 훨씬 잘하는데, 다른 것을 하라는 것도 아니고 얌전히 공부만 하라는데도 그걸 왜 못하는 거지.

"그렇게 소라 탓만 했어요. 답답해서 바다를 보려고 나갔죠. 은파 항구 아시죠? 거기서 시간을 보냈어요. 그날은 집에 안 들어가려고 했었죠. 소라에게서 몇 번 전화가 걸려왔는데, 안 받았어요. 한번 혼나봐라, 하는 생각이었어요. 그날이 금요일이었어요. 저녁 시간이라 더위를 피해 나온 사람들이 많더라구요. 그 사람들 사이를 걸으면서 나도 다 잊어버리고 싶었어요."

그녀는 허공의 어딘가를 보면서 이야기했다. 말은 그렇게 하고 있지만 얼굴에서는 후회가 눈물처럼 떨어지고 있었다.

"한 시간쯤 무작정 바다를 돌아다녔어요. 정처 없이 걷는데, 사람들의 비명이 들렸어요. 119에 신고하라는 소리도 들렸고요."

무슨 일이 났나 싶어 사람들이 모여 선 곳으로 향했다.

"구경하고 싶은 마음은 아니었어요. 근데 가끔 그럴 때 있죠? 그냥 꼭 거길 가봐야 할 것 같은 때……."

가까이 다가갔을 때 누군가 "사람이 빠졌다."라고 외쳤다. '위험'이라고 적힌 접근 금지 표지판이 있었음에도 누군가 배가 접안하도록 만들어진 경사로 쪽으로 내려간 것 같았다.

그것은 '빨리 구급차가 도착해야 할 텐데.' 하며 안타까워해야 하는 '남의 일'이어야만 했다. 하지만 땅에 떨어진 휴대폰이 이건 더 이상 '남의 일'이 아니라고 말하고 있었다. 휴대폰에는 붉은색 스카프를 두른 토끼 인형이 달려 있었다. 소라의 것이었다.

옆에 있던 사람이 말리지 않았다면 그녀는 바닷속에 뛰어들었을 것이었다. 5분 만에 도착한 해양 경찰이 건져낸 소라는 이미 이 세상 사람이 아니었다. 조사를 담당한 경찰은 목격자의 진술과 CCTV 영상을 토대로 소라가 경사로에 끼어 있던 이끼를 밟고 미끄러져 바다에 빠진 거라고 결론을 내렸다.

최란 선생님은 그날이 눈앞에 떠오르는 듯 괴로움으로 일그러지는 얼굴을 양손으로 가렸다.

"바다에 가면 갑갑한 기분이 풀린다는 말을 한 건 저였어요. 소라는 아마 날 찾으러 나왔을 거예요. 나만 아니었으면, 나만 아니었으면……."

그녀는 말을 잇지 못했다.

충격이 컸지만, 정신을 차리기도 전에 자신의 손으로 너무도 사랑하는 딸 소라의 장례를 치러야 했다. 그리고 학교로 돌아왔다. 소라의 빈자리를 볼 용기도 나지 않았다. 그런데 거기에 소라가 있었다. 평소와 똑같은 얼굴로 수업을 듣고 있었다.

"날 벌주려는 거라고 생각해요. 그렇게 좋아하는 공부, 자, 할 테니 봐라, 그렇게요. 학교에서는 책상을 치우려고 했지만 제가 특별히 부탁했어요. 소라와 같은 학년의 아이들은 곧 2학년으로 올라갈 거니 빈자리 하나쯤 있어도 기분 나빠 하지 않을 거라고요. 제가 학교를 그만두는 날까지만 책상을 치우지 않았으면 좋겠다고도 부탁했어요. 학년이 바뀌면서 소라의 사정에 대해 모르는 애들이 빈자리니까 가끔 쓰레기를 버리거나 낙서를 하는 것은 알았지만 학교에서는 절 생각해서 책상을 치우지 않았어요. 전 4반 담임을 맡았고, 그렇게 매일같이 소라를 보았어요."

"소라와 얘기해본 적은 있으세요?"

최란 선생님은 고개를 저었다.

"보이지 않는 척했어요. 내가 아이를 보고 괴로워하면 복수를 끝냈다고 생각해서 사라질까 봐요. 그 아이가 거기 있는 것이 저에 대한 원망이든 복수든 뭐든 좋아요. 전 그 아이를 볼 수만 있다면 뭐든지 할 수 있었어요."

문득 말을 멈춘 그녀는 갑자기 고개를 들고 종혁을 보았다.

"그런데 선생님이 그 아이에 대한 얘기를 했어요. 전 선생님 때문에 귀신 소동이라도 일어나면 그 책상이 치워질까 봐 너무 겁이 났어요. 그래서 아는 척하지 말아달라고 부탁드린 거예요."

그 때문에 담임까지 모른 척하는 왕따 사건으로, 종혁이 오해해버렸던 것이었다.

"제발 부탁드려요. 아는 척하지 말아주세요. 저는 그 아이를 보지 못하면 죽을 것 같아요. 그 애가 다른 아이들에게 해를 끼치는 건 아니잖아요. 제발요. 제발, 선생님."

최란 선생님은 종혁의 손을 붙잡고 몇 번이나 사정을 했다. 종혁은 어떤 말을 해야 할지 알 수가 없어서 그저 묵묵히 그녀의 거친 손을 내려다보았다.

다음 날에도 역시 박소라는 자신의 책상에 앉아 수업을 듣고 있었다. 당연하게도 다른 아이들은 박소라의 존재를 알아차리지 못했다.

"자, '서사 갈래의 특성과 형상화 방법' 읽어보자."

오늘 날짜인 23번을 불러 책을 읽으라고 하며 종혁은 아이들 사이를 걸어 다녔다.

변세영의 옆을 지나던 종혁은 자기도 모르게 걸음을 멈추었다. 찢어질 듯 줄여 입은 교복, 규정된 것보다 지나치게 밝게 염색한 머리, 열일곱 주제에 아이라인에 마스카라까지 한 뽀얀 얼굴. 박박 밀어 그 위에 가느다랗게 한 눈썹 문신. 그런 것들을 보고 당연히 왕따의 주범이 그 아이라고 생각했었다. 종혁이 박소라의 책상 속 쓰레기를 치웠을 때 보였던 표정도 그 증거라고 생각했었다. 하지만 단순히 주인 없는 책상이 갑자기 깨끗해져 이상하게 생각했을 뿐이었다.

겉모습만 보고 사람을 판단하다니, 아무리 소명감을 가지고 선택한 직업이 아니라고 하더라도 선생으로서 할 짓이 아니었다.

"미안하다."

들릴 듯 말 듯 툭 던진 종혁의 말에 세영이 눈을 동그랗게 떴다. 여학생이 아니었다면 머리라도 쓰다듬어주었을 테지만, 받아들이기에 따라 민감한 행동인지라 그건 하지 않았다.

세영이 "뭐요?" 하고 되물었다. 선생에게 되물을 때의 바른 자세는 아니었지만 이번만은 눈감아 주기로 했다.

"그냥."

대답하며 부드럽게 미소 지어주자 허옇게 몇 번이나 파운데이션을 덧바른 얼굴이 붉어졌다. 이렇게 보니 이 아이도 예민하고 감수성이 풍부한 십대 소녀일 뿐이었다.

그날 저녁 종혁은 깊은 생각에 잠긴 채 퇴근길에 올랐다. 하루 종일 4반 앞을 지나치거나 할 때마다 눈에 걸리는 박소라를 보면서 과연 이대로 있게 두는 것이 맞느냐는 생각을 했다.

최란 선생님의 말대로 박소라는 다른 아이들에게 피해를 끼치지는 않는다. 단지 빈 책상 하나를 그대로 놓을 뿐이었다. 딸을 보고 싶은 절절한 마음을 이해해주는 것이 맞지 않을까 생각하면서도 뭔가 마음 한구석이 묵직하면서 착잡했다. 그 감정이 무엇일까. 종혁은 뭔가 개운치 못한 마음의 정체를 알아내고 싶었지만 쉽지 않았다.

정신을 차리고 보니 어느새 은파 항구였다. 바람을 쐬기 위해 나온 주민들은 물론, 관광객들도 보였다. 최란 선생님과 박소라의 이야기를 알고 나니 이 바다가 달리 보이기 시작했다. 여기서 한 아이의 생명이, 미래가, 꿈이 스러져 갔다는 생각을 하니 마음이 아팠다. 종혁의 눈이 자연스레 박소라가 사고를 당한 경사로 쪽으로 향했다. 종혁의 눈이 커졌다.

그리고 그는 다시 한번 최란 선생님과 이야기를 해봐야겠다는 생각을 했다.

은파 항구에 최란 선생님이 도착한 것은 종혁이 전화를 한 지 20분이 채 지나지 않았을 때였다. 종혁을 향해 걸어오는 그녀의 얼굴은 굳어 있었다. 딸이 죽은 뒤, 먹는 것도, 하다못해 숨 쉬는 것조차 죄를 짓는 일인 듯 살아온 그녀에게, 딸이 죽은 장소를 다시 찾아오는 것은 견디기 힘든 일이었을 것이다.

종혁은 최란 선생님이 가까이 다가오기를 기다렸다가 무겁게 말했다.

"불러내서 죄송해요."

"무슨 일로……."

그녀는 회벽처럼 핏기가 없는 얼굴로 입을 열었다. 그러고는 살짝 목소리를 떨며 말을 이었다.

"전 여기 오기가……. 무슨 얘기를 하시려는 건지 모르겠지만 이곳을 보는 게 아직은 너무나 힘이 들어서……."

"따라와 보세요, 선생님."

종혁은 몸을 돌려 먼저 걷기 시작했다. 최란 선생님은 당황한 눈으로 그를 보다가 마지못해 뒤따랐다. 종혁이 향한 곳은 박소라가 사고를 당한 경사로였다. 사고가 났을 때와 마찬가지로 접근 금지 표지판이 있었다. 종혁은 표지판을 지나 바닷물 바로 앞까지 다가갔다.

"이끼가 미끄러우니 조심하세요."

"왜……."

어리둥절해 하는 최란 선생님을 재촉하듯 종혁은 그녀에게서 시선을 떼지 않았다. 최란 선생님은 조심스럽게 표지판을 지나 그의 옆에 섰다.

"뒤돌아보세요, 선생님."

무슨 소리를 하려는 건지 모르겠다는 듯 최란 선생님의 표정은 혼란스러웠다. 하지만 종혁은 그녀의 어깨를 잡아 뒤돌아서게 해주었다.

처음엔 딸이 죽음을 맞이한 그곳에 서 있기 싫은 마음이 그녀의 표정을 뒤덮었고, 그다음엔 뭘 보라는 말인지 알 수 없다는 의아함이 깃들었다. 하지만 시간이 지날수록 뭔가 깨달은 듯 그녀의 표정이 흔들리기 시작했고, 이내 무언가가 와르르 깨져 무너질 듯한 얼굴이 되었다.

"설마."

"맞아요. 선생님을 찾으러 왔다면 소라가 이 경사로로 내려올 일은 없어요."

최란 선생님과 대화하고 집에 가던 그날, 그녀의 말을 복기하던 종혁은 뭔가 이상하다는 것을 느꼈다. 여기에 와 보고 알았다.

이 경사로는 어민의 배가 접안하기 위해 만들어진 곳, 사람들이 다닐 수 있는 바닷길보다 훨씬 튀어나와 있는 곳이었다. 게다가 뒤에는 접근 금지 표지판이 큼지막하게 서 있어 시야를 가렸다. 표지판 아래로 사람들의 다리는 보이지만 얼굴은 보이지 않았다. 그러니 최란 선생님을 찾기 위해 박소라가 이 바다를 찾았다고는 보기 힘든 일이었다.

최란 선생님은 떨리는 눈으로 다시 바다를 보았다.

"자기도 답답해서 집을 나왔을 겁니다. 선생님을 찾으러 왔던 게 아니에요."

뭔가를 생각하던 최란 선생님의 눈이 가라앉았다.

"하지만 저 때문에 죽었다는 건 변함이 없어요. 싸우지만 않았다면, 그날 바다에 올 일은 없었을 테니까요."

종혁은 아무런 말도 할 수 없었다. 사람에게 사고는 느닷없이 일어난다. 사고를 막을 수 있었던 수많은 기회는 '만약'이라는 이름으로 남은 가족들을 괴롭힌다. 죽음을 막았을 수도 있는 많은 경우의 수를 짚어 나가면서 죄책감을 등에 업는다. 하지만 그것은 신이 아니고서야 알 수 없는 일들이었다.

당신의 탓이 아니에요,라고 말하고 싶었지만 그런 말 한마디로 사람의 죄책감을 녹이기에는 부족했다. 최란 선생님은 비틀거리며 어서 이 자리를 뜨고 싶다는 듯 집을 향해 걷기 시작했다.

"선생님."

종혁이 불렀지만 최란 선생님은 걸음을 멈추지 않았다.

"저는 어렸을 때부터 남과 달라서 늘 혼자였습니다. 시간이 갈수록 아무도 말을 걸지 않았죠. 혼자였어요. 그런데요, 선생님, 혼자인 게, 즐거울 것 같습니까?"

그제야 최란 선생님이 뒤를 돌아보았다.

"소라는 왜 교실에 나타날까요? 엄마에게 복수를 하려면 굳이 교실이 아니라도 돼요. 집에서든 어디에서든 엄마를 괴롭히면 됩니다. 하지만 그게 아니잖아요. 왜일까요? 아무도 자기를 알아봐주지 않는데, 엄마조차도 말을 걸어주지 않는데. 공부를 다 못한 것이 한이 남아서요? 아닐 겁니다. 엄마가 원하던 공부하는 모습을 보여주지 못한 게 후회되어서, 엄마에게 하고 싶은 사과가 있어서 그런 것이 아닐까요? 전 어려서부터 외로웠습니다. 모두 절 없는 사람 취급했죠. 그걸 좋아할 사람은 없어요. 소라도 마찬가지예요. 소라에게도 말을 걸어주는 한 사람이 필요한 겁니다. 그게 선생님이시구요. 소라는 선생님을 원망하고 있지 않아요."

최란 선생님은 대답하지 않았다. 하지만 떨리는 눈으로 종혁을 바라보고 있었다.

"혼자인 삶은 행복하지 않습니다. 소라를 이제 보내주세요."

그녀의 얼굴에서 눈물이 흘러내렸다.

다음 날 종혁은 새벽같이 학교로 향했다. 그는 곧장 1학년 4반 교실로 향했다. 소라의 자리가 없었다. 어제저녁 종혁과 헤어져 학교 방향으로 향하던 최란 선생님의 뒷모습이 떠올랐다.

최란 선생님은 소라에게 말을 걸었을 것이다. 둘 사이에 어떤 대화가 오고 갔는지 종혁은 알지 못한다. 하지만 이제 박소라의 책상도, 박소라도 없었다. 박소라는 이 교실에서 더는 외롭지 않아도 되었다. 최란 선생님의 죄책감도 하루빨리 사라지기를 빌었다.

'그나저나.'

종혁은 살짝 미간을 찡그리며 한숨을 내쉬었다.

'남의 죄책감도 모자라 이제 귀신까지 보이면 대체 어쩌자는 거냐!'

그는 맥없이 고개를 떨어트렸다. 그러고는 돌아서던 그가 돌연 발걸음을 멈췄다.

종혁의 앞에 한 남자아이가 서 있었다. 남자아이는 이가 하나
도 없는 잇몸을 드러내며 웃었다. 종혁이 미간을 찌푸리며 보자
남자아이는 말없이 악수를 청하듯 손을 내밀었다. 그런 아이의
발아래로 그림자가 보이지 않았다.

남자아이는 뭔가 하고 싶은 말이 있는 듯 보였다.

기호 3번 실종 사건

전건우

학생회장 후보 기호 3번이 사라졌다.

선거를 세 시간 앞둔 시점이었다. 그 사실을 알리며 도움을 청해온 건 기호 3번과 함께 부회장 후보로 나선 2학년 최미정이었다.

바야흐로 방학을 한 달 앞둔 7월이었다. 하루가 다르게 최고를 갱신하던 기온은 오늘에야말로 폭발해 운동장 쪽으로 시선을 돌리면 신기루가 보일 정도였다.

당연한 말이지만, 미스터리부에는 벽걸이 선풍기 한 대가 유일했다. 그마저도 불량학생처럼 고개가 삐딱하게 돌아가 바람이 아래쪽으로 향하지 않았다. 그나마 콧바람 정도라도 쐴 수 있는 곳은 길쭉한 책상의 맨 앞, 그러니까 창문을 등진 곳이었다.

그 자리에 미스터리부 부장인 마정민이 앉아서 이야기를 듣고 있었다.

"우리는 체육관 창고에서 연설 준비를 하고 있었어."

"잠깐. 왜 하필이면 이런 날씨에 체육관 창고지?"

마정민이 최미정의 말을 끊고 물었다.

"시원하고 좋은 곳은 다른 후보들이 다 차지했으니까."

그렇게 대답하는 최미정의 표정은 시무룩했다.

"우리랑 사정이 비슷하네. 우리도 다른 부에 밀려서 여기로 온 거니까."

올해 유일한 신입부원이자 건방지기로 따지자면 이미 전교 회장감인 나최상이 빈정대듯 한마디를 던졌다.

"어허. 귀문 고등학교 미스터리부는 역사가 깊어. 제일 작은 부실이기는 하지만 이 장소를 선택했던 초대 부장은 방위는 물론이고 수맥까지 다 고려해 골랐지. 그러니까 여태 안 없어지고 버틸 수 있는 거야. 이 인원 가지고도."

알이 큰 안경을 추어올리며 열띠게 말한 사람은 2학년 허영서였다. 미스터리부의 열혈 부원이자 UFO 덕후이기도 한 인물이었다. 정작 본인은 고소공포증이 심해 제주도 수학여행 때도 비행기를 못 타 빠지고 말았지만 진짜 UFO에 오르는 걸 평생 꿈으로 간직하고 있었다.

"이어서 얘기해봐."

마정민이 최미정을 향해 손짓했다.

"어⋯⋯ 그게 그러니까, 내가 잠깐 화장실에 다녀왔거든."

"화장실에는 왜요?"

나최상이 물었지만 아무도 신경 쓰지 않았다.

"진짜 금방이었어. 10분도 안 걸렸을 거야. 그런데 갔다 와보니 미래가 안 보이는 거야."

김미래는 기호 3번의 이름이었다. 전교 1등을 독차지해서 모르는 이가 없었다. 또 하나, 혼혈이라는 사실로도 유명했다. 엄마가 필리핀 사람이었다.

"그래서 어떻게 했지?"

마정민이 물었다.

"처음엔 그냥 기다렸어. 어디 잠깐 갔다고 생각했거든. 근데 30분이 지나도 안 오는 거야. 카톡을 해도 답이 없고. 그래서 전화를 해봤더니 휴대폰이 꺼져 있었어. 그때부터 이상하다는 생각을 했어."

"이건 뭐 간단하네요. 미래 선배는 선거에 나갈 생각이 없어서 잠수를 탄 거예요. 당연하잖아요?"

"그렇다고 사라져? 나한테는 말할 수 있잖아. 게다가 어디로 사라진 건지 알 수가 없단 말이야."

나최상의 추리에 최미정이 반발했다.

"에이, 그거야 창고에서 나와 그냥 체육관 밖으로 나간 거겠죠. 그러곤 바로 집으로 향했을 거고. 이건 초등학생도……."

"체육관 문은 고장 났어. 완충 장치가 닳아서 한 번 열고 닫을 때마다 끔찍한 소리가 울려 퍼지지. 그리고 화장실은 바로 그 문 옆에 있고. 누군가가 체육관 문을 열었다면 아무리 화장실에 있었다 하더라도 모를 수가 없었을 거야."

"에?"

마정민의 지적에 나최상은 아무 말도 하지 못했다.

"그렇다면 진짜로 사라진 거네. 외계인한테 납치라도 당한 것처럼."

허영서가 중얼거렸다.

"체육관 안에 다른 사람은 없었어?"

마정민이 물었다.

"응. 아무도."

"미스터리한 일이군."

마정민은 양손으로 턱을 괴었다. 흥미가 생겼을 때 취하는 특유의 자세였다.

"세 시간 뒤에는 마지막 연설을 하고 투표가 시작돼! 그전까지 미래를 찾아줘. 부탁이야."

"선거가 중요한 거야, 아니면 미래의 안전이 중요한 거야?"

마정민이 물었다.

최미정은 잠시 숨을 고른 후 천천히 대답했다.

"우리가 당선될 가능성이 없다는 건 너희도 잘 알잖아. 난 다만 미래가 도망갔다고 놀림받을까 봐 그게 싫어. 그리고 무엇보다 미래가 안전한지도 걱정되고."

"오케이. 사건을 맡겠어!"

마정민은 벌떡 일어섰다.

"어디 가시려고요?"

나최상이 물었다.

"사건 현장. 그게 기본이니까."

오랜 역사를 자랑하는 귀문 고등학교에는 지금껏 수많은 부가 존재했다가 사라졌다. 무려 100년, 고딕 양식의 웅장하고 거대한 건물만큼이나 여러 개의 교실과 용도를 알 수 없는 공간이 존재했고 한때는 그런 곳마다 특색 있는 부서가 모여 활약을 펼쳤다.

소문으로 떠도는 것만 해도 인간 체스부, 지렁이 연구부, 드레스 제작부, 마법부 등 그 이름만으로는 실체의 반의 반도 짐작할 수 없는 부들이 수두룩했다. 지금은 그런 특이한 부들은 다 해체되었다. 대신에 시대에 맞게 드론부, AI부, 게임개발부 같은 것들이 새로 생겼다.

이런 시대의 도도한 흐름 속에서 미스터리부가 여전히 유지되는 것에 대해서도 많은 소문이 돌았다.

교장이 미스터리 마니아다, 사실 미스터리부 부원들은 금수저라서 학교에 후원을 많이 한다, 한때 귀문 고등학교 전체가 위험에 빠질 만큼 큰 사건이 있었는데 미스터리부가 해결했다는 등 소문의 종류는 참으로 다양했다.

그중에서도 제일 유력하게 떠도는 것은 미스터리부의 작년 부장, 그러니까 올해 고등학교 3학년인 전가능의 존재였다. 멘사 회원에다가 모의고사 전국 1등을 자랑하는 천재 중의 천재, 그것도 모자라 경찰청의 특수자문위원이 되었다는 소문이 도는 전가능 덕분에 미스터리부가 존재하고 있다고 많은 이들이 생각했다.

전가능은 학교에도 잘 나오지 않았으며 당연히 베일에 싸인 인물이었다. 아주 가끔 미스터리부에 나타나서는 회식비를 내고 간다는, 확인되지 않은 이야기가 떠돌기도 했다.

존잘남에다가 부자, 그리고 천재. 경찰보다 사건 해결을 잘하는 소년. 그런 전가능이 유일하게 후계자로 지목한 이가 바로 마정민이었다.

"어떤 점에서는 나보다 훨씬 뛰어난 사내지."

전가능이 마정민에 대해 했다는 말 역시 바람처럼 떠돌았다.

마정민과 부원들은 후끈하게 달아오른 운동장을 지나 체육관으로 향했다. 체육관은 몇 년 전에 재건축을 해서 귀문 고등학교 내에서는 신축 건물이라 부를 만했다. 훨씬 넓어져 정규 규격의 농구 코트가 생긴 것은 물론이고 필요에 따라서는 배구부가 사용할 수도 있었다. 물론 각종 체육 도구도 창고 안에 보관했고.

과연 체육관 문은 열자마자 끔찍한 소리를 냈다. 지옥의 수문장 케르베로스가 짖어대는 것 같았다. 마정민은 체육관에 들어서면서부터 바닥을 유심히 살폈다.

"귀문 고등학교에는 전설이 있지. 새로 만든 건 꼭 고장이 난다."

단정 짓듯 한마디를 던진 이는 내내 입을 다물고 있던 박필규, 일명 '달마'였다.

달마로 말할 것 같으면 일찍이 악성 탈모를 겪어 머리를 박박 민 데다가 진한 눈썹과 부리부리한 두 눈을 가진 2학년생이었다. 외모만 달마가 아니라 수맥을 신봉한다는 점에서도 완전히 닮았다. 늘 엘로드를 들고 다니는 건 기본이고, 자신의 존재 자체가 귀문 고등학교 지하에 흐르는 수맥을 막아준다는 굳은 믿음을 가지고 있었다.

"일전에 리모델링한 급식실 수도관 터진 거 다들 기억하지? 그전에는 교직원용 새 엘리베이터가 멈췄고. 이게 다 귀문 고등학교에 깃든 수맥을 무시하고 지었기 때문이야. 체육관도 마찬가지고."

달마는 엘로드를 꺼내 들더니 체육관 구석구석을 돌아다녔다. 그러거나 말거나 마정민은 곧바로 창고로 향했다.

그 뒤를 따르던 허영서가 살짝 얼굴을 찡그렸다.

"냄새가 너무 심한데?"

"어제 막 왁스 청소를 끝냈대. 발자국 남기지 말라고 경비 아저씨가 신신당부하긴 했어."

최미정이 말했다.

체육관 창고는 제법 넓었다. 뜀틀이며 허들, 공을 담은 바구니, 네트나 점수판 같은 걸 다 넣어놓으려니 어쩔 수 없는 일이었다.

"미래를 마지막으로 목격한 곳이 여기란 거지?"

최미정은 고개를 끄덕였다.

"난 미래 지지 연설을 연습 중이었고 미래는……."

"미래는?"

"몰라. 원래 준비한 원고에 수정할 게 있다며 고치는 중이었던것 같아."

"음. 불과 투표 세 시간을 남겨 놓고 원고 수정이라."

"어차피 당선 가능성도 없었다면서요?"

나최상의 물음에 최미정이 입술을 깨물고 노려봤다.

"미래는 메시지를 던지고 싶어 했어. 차별받는 존재인 자신도 이렇게 회장 선거에 도전하니까 다들 힘을 내라고. 그 마음에 나도 같이하기로 마음먹은 거고."

"좋았어. 미스터리를 해결해보지."

마정민은 휴대폰을 꺼내 두 시간 후로 알람을 맞췄다.

"뭐 하는 거야?"

최미정이 묻자 허영서가 슬쩍 대답했다.

"부장만의 습관이야. 무슨 일이 있어도 두 시간 안에 해결하겠다는 거지."

그때 달마가 빙글빙글 돌아가는 엘로드를 들고 창고 안으로 들어왔다.

"봐. 수맥이 장난 아니라니까."

엘로드는 뜀틀을 가리켰다가 농구공 상자를 가리켰다가 전광판을 가리켰다가 마지막으로 달마를 가리켰다.

"범인이 누군지는 알아냈네."

허영서가 작게 한숨을 쉬었다.

마정민은 수첩에 뭔가를 연신 적어가며 창고 구석구석을 살펴보기 시작했다. 그러다 뭐에 걸렸는지 비틀거리며 넘어지려 하다가 겨우 뜀틀에 기대 균형을 잡았다.

"조심해. 수맥이 흐르는 곳은 원래 이유 없이 걸려 넘어지거나……."

"문만 닫혀 있었다면 완벽한 밀실이었군."

마정민은 아무 일도 없었다는 듯 자연스레 일어나서는 그 말 한마디를 했다. 그러고는 서둘러 체육관으로 나갔다.

"해결할 수 있겠어?"

최미정이 재촉하듯 물었다.

"가능성은 세 가지야. 하나는 스스로 숨은 것. 이 경우에는 그럴 수밖에 없었던 이유를 밝혀내야겠지. 또 다른 하나는 고의적인 납치."

"누가 미래를 납치해?"

마정민의 말에 최미정이 바로 반응했다.

"그럴 수도 있다는 거야. 누군가에는 김미래가 눈엣가시였을 수도 있겠지. 아니면 김미래가 없어져야 자신이 이득을 얻는다거나. 하필이면 선거 전에 이런 일이 일어난 걸로 봤을 때 학생회장 선거와 관련이 있을 거야. 거기에 초점을 맞추며 알아보는 거지."

"부장. 세 번째는 뭐예요?"

나최상이 물었다.

"세 번째?"

"아까 가능성이 세 개라고 했잖아."

최미정이 말했다.

"아! 그거야 뭐, 너희도 잘 알지 않아? 이곳 귀문 고등학교에서는 한 해에 꼭 한 명씩 여학생이 실종된다. 그리고 실종된 사람은……."

"절대 찾지 못하지."

허영서가 거들었다. 그 말 뒤에 분명 UFO에 관한 이야기를 더 하고 싶은 눈치였으나 마정민이 재빨리 화제를 돌렸다.

"범죄인지 저주인지 지금부터 그걸 확인해봐야지!"

마정민은 여유로운 걸음으로 체육관 밖으로 나갔다. 그러면서 최미정에게 물었다.

"김미래는 발 크기가 얼마쯤 될까?"

"글쎄. 미래야 워낙 키도 작고 손발도 다 작으니까 아마 220 정도이지 않을까?"

"어쨌든 아주 작았다는 소리군."

"나랑 반대로 미래는 다 작았어. 그런데도 훨씬 큰 꿈을 가지고 있었어. 이 학교를 바꿔보겠다는 꿈."

최미정은 소위 말해 '잘나가는' 아이들 그룹은 아니었지만 나름의 인기를 누리고 있었다. 배구부 주장에다가 성격도 시원시원해 특히 여학생 사이에서 인기가 많았다. 키도 커서 마정민과 거의 차이가 없을 정도였다.

"이제 어디로 가?"

허영서가 물었다.

"한 명씩 만나보려고."

"누구를?"

"이번 학생회장 후보들. 아무래도 선거와 관련이 있는 것 같으니 그 친구들이 용의자가 될 수도 있겠지."

"그럼 학교에 다 알릴 거야? 미래가 실종됐다고? 그러면 경찰한테 신고도 해야 하잖아!"

최미정의 목소리가 커졌다.

마정민은 그런 최미정을 물끄러미 바라보다가 고개를 저었다.

"아니. 당분간은 비밀로 할 거야. 학교에 알렸다가는 자칫 선거가 연기될 수도 있으니까. 내 목표는 선거 전까지 김미래를 찾아서 마지막 연설을 하도록 만드는 거야."

"하지만 미래가 위험할 수도 있잖아."

최미정이 울상을 지었다.

"그런 일이 벌어지기 전에 찾아야지. 그럼 기호 2번과 1번을 차례대로 한번 만나볼까?"

마정민은 휙휙 앞서 걸어갔다. 그 뒤를 달마와 나최상이 따랐다. 뒤에 처진 최미정은 불만 어린 표정이었다. 허영서가 그런 최미정에게 슬쩍 한마디를 했다.

"너무 걱정하지 마. 부장이 저렇게 말하는 건 자신이 있다는 소리야."

"흠."

최미정은 못 미덥다는 듯 마정민의 뒷모습을 노려봤다.

기호 2번은 오민우였다.

춤도 잘 추고 노래도 잘 부르는데 유머 감각도 뛰어나 학교 행사가 있으면 사회를 도맡아 했다. 연예인이 꿈이고 벌써 소속사 몇 군데와 미팅도 했다는 소문이 도는, 그야말로 화려한 인물이었다. 요즘은 소속사에서 시켰는지 랩 연습에 매진 중이라는 이야기도 돌았다.

오민우는 부회장 후보와 함께 음악실에서 연습 중이었다. 에어컨이 펑펑 나와서 추울 정도였다. 오민우는 마정민을 보고는 건들거리며 걸어와 주먹을 내밀었다.

"헤이. 브로. 왓썹?"

두 사람은 1학년 때 같은 반이기도 했다. 마정민은 조금 뻣뻣

한 자세로 오민우의 주먹과 맞부딪쳤다.

"미스터리부도 총출동했고…… 어라? 최미정도 왔네? 혹시
나 공개 지지하겠다고 온 건가? 오! 그렇다면 너희지지 공개지
지, 현수지지 게임지지! 예!"

오민우는 몸을 흔들며 랩을 쏟아냈다.

"너 랩 연습은 좀 더 해야겠다."

마정민은 흔들리지 않고 핵심을 짚었다.

"어? 어! 이제 시작한 지 얼마 안 됐거든. 근데 진짜 무슨 일
이야?"

"넌 여기 계속 있었던 거야? 30분 전에는 뭘 했어?"

"화장실 갈 때 빼고는 여기 있었지. 춤이랑 랩 연습을 하는 게
워낙 힘들어서 쉴 틈이 없었어."

"춤? 랩?"

최미정이 인상을 팍 쓰며 되물었다.

"난 마지막 연설을 춤과 랩으로 할 거라고. 센세이션을 일으
키는 거야. 이 삭막한 귀문 고등학교에 전설을 남기는 거지. 예
압!"

"증인은 있는 거야?"

마정민이 다시 무표정한 얼굴로 물었다.

"증인이야 여기 부회장 후보……. 헤이! 너 그런데 뭐가 궁금

한 거야? 갑자기 찾아와서는 이상한 걸 묻고 말이야."

"체육관에 간 적 없어?"

"뭐? 내가 김미래를 만나기라도 했단 거야? 내가 그 땅콩을 왜 만나겠어? 더군다나 선거가 바로 몇 시간 뒤인데."

"목격자들 이야기는 다르던데."

마정민이 갑자기 한마디를 던졌다.

"모, 목격자?"

마정민은 대답 없이 아주 깊은 눈으로 오민우를 바라보기만 했다.

"아니, 헤이. 내 말 좀 들어봐. 무슨 목격자를 말하는 거야?"

"네가 김미래랑 자주 이야기를 나눴다고 하더군."

"왓? 그, 그건 같은 학년이기도 하고…… 또 같이 후보로 나오기도 했으니까……."

"너답지 않게 심각한 표정이었다고 들었어."

오민우는 당황한 표정을 지우지 못한 채 머리를 벅벅 긁었다.

"아니. 그게 말이야……. 너희들 모두 비밀 지켜줄 거지? 그러면 내가 사실대로 말해줄게."

"일단은 말해봐."

마정민은 아무런 약속도 하지 않았다. 그럼에도 오민우는 안심이 된다는 표정으로 작게 한숨을 쉬더니 다시 입을 열었다.

"김미래 걔는 약간 이거잖아."

오민우는 그렇게 말하며 바닥을 가리켰다. 자신을 포함해 귀문 고등학교의 잘나가는 아이들에 비해 가진 게 없다는 걸 노골적으로 표현하는 몸짓이었다.

"뭐라고?"

최미정이 대번에 화를 냈다.

마정민은 그런 최미정에게 진정하라고 눈짓을 보낸 뒤 다시 오민우에게 고개를 돌렸다. 멀끔하게 생긴 기호 2번은 슬쩍 웃고 있었다.

"사실을 말한 건데 뭐……. 아무튼, 그런 애가 전교 회장 선거에 나온 거니 황당한 노릇이지. 떨어질 게 뻔한데 말이야. 근데 문제는 내 처지도 비슷하단 거야. 나도 떨어질 확률이 높아. 그 정도는 이 몸도 알고 있거든. 기호 1번 박현수에게는 상대가 안 된다는 거. 그래서 고민을 좀 하고 있었는데 김미래가 먼저 접근해 오더라고. 자기가 박현수에게 치명적인 정보를 알고 있는데 그걸 공유할 테니 후보 단일화를 하면 어떻겠냐고."

"뭐?"

최미정의 목소리가 높아졌다.

"김미래가 제시한 조건은 뭐였어?"

마정민이 물었다.

"정보를 주는 대신에 당선되면 자기 공약을 대신 실천해달라는 거였지. 여학생 휴게소며 차별 삼진아웃 제도, 뭐 이런 거지 같은 것들 있잖아."

"내가 아는 너라면 충분히 거래했을 텐데 안 한 이유가 뭐야? 그런 공약이야 안 지키면 그만이잖아."

마정민이 말하자 오민우는 살짝 얼굴을 찡그렸다.

"헤이. 브로. 함부로 말하지 마. 나도 할 마음이 있었다고. 근데 솔직히 말하면 겁이 났어. 그런 식으로 박현수를 제치고 회장이 된다 해도 뒤탈이 생길까 봐 걱정된 거야. 너 같으면 안 그랬겠어? 박현수라고, 박현수. 이사장 아들 박현수!"

마정민은 표정도 변하지 않았고 미동도 하지 않았다. 그저 처음 그랬던 것처럼 계속 오민우를 바라볼 뿐이었다. 그러자 오민우가 또 말을 이었다.

"그래서 거절했어. 그런 일들 때문에 몇 번 만난 것뿐이야. 잠깐만! 근데 내가 왜 이런 이야기를 하고 있지? 이건 범인이 취조당하는 것 같잖아? 도대체 뭐야? 갑자기 쳐들어와서는 이상한 질문이나 하고."

"김미래가 실종됐어."

마정민의 대답은 짧았다.

"뭐? 실종? 어디서? 학교에서?"

오민우는 진심으로 놀란 듯했다.

"지금 조사 중이니까 너도 비밀로 해줘."

오민우는 마정민의 말에 고개를 끄덕였다. 어딘지 약간 겁을 먹은 것 같기도 했다. 건들거리던 몸짓도 건전지가 떨어진 시계처럼 단번에 멈췄다. 아까부터 한마디도 않고 있던 오민우의 부회장 후보가 처음으로 입을 열었다.

"이제 가줘. 민우 연습 더 해야 한단 말이야."

"당선될 배짱도 없으면서 연습은 왜 하는 건지 모르겠네."

허영서가 혼잣말처럼 중얼거렸으나 사실은 다 들렸다.

"마지막 질문만 하고 갈게."

마정민의 말에 오민우가 멍한 눈빛으로 고개를 들었다.

"뭔데?"

"혹시 다른 사람한테 이야기했어? 미래가 너한테 그런 제안을 했다고."

긴 침묵이 흘렀다. 에어컨 돌아가는 소리만 울릴 뿐이었다. 오민우의 대답은 한참 만에 돌아왔다.

"박현수. 개한테 직접 말했어."

다섯 명은 다시 운동장으로 나왔다. 마정민은 골똘히 생각하는 눈치였다.

"회장. 그런 정보는 도대체 어디서 얻은 거야?"

달마가 물었다.

"맞아요! 목격자라는 게 누구예요? 그럼 선배는 모든 걸 다 알고 갔던 거예요?"

나최상도 거들었다.

마침 궁금했던 터라 최미정 역시 마정민의 대답을 기다렸다.

"그거? 그냥 넘겨짚은 거야."

"에?"

최미정은 자기도 모르게 이상한 소리를 내고 말았다. 잘못 들은 게 아닐까 싶어 마정민을 바라봤지만 역시 아무런 표정 변화도 없었다.

"오민우는 내가 체육관 이야기를 꺼내자마자 김미래에 대해 말했어. 그때 바로 눈치챘지. 오민우가 김미래를 꽤 신경 쓰고 있다는 걸. 그렇다면 둘이서 따로 만난 적도 있지 않았을까 생각해본 거야. 그래서 목격자 이야기를 한 거고."

"그럼 넘겨짚은 질문에 오민우는 모든 걸 술술 털어놓은 거네?"

최미정은 믿을 수가 없었다. 우연이라고 하기에는 너무 절묘했고, 모든 걸 계산했다 생각하기에는 마정민이 인간 같아 보이지 않았다.

"그나저나 넌 몰랐어?"

이번에는 마정민이 물었다.

"뭘?"

"김미래가 박현수에 대한 정보를 가지고 있었던 거."

"몰랐어. 그래서 지금 좀 당황스러워."

"그런데 박현수에게 치명적인 정보라는 게 뭘까? 부장은 짐작이 가?"

허영서가 마정민을 보며 물었다.

"그 선배 깔 데가 있어요? 우리 1학년들 사이에선 완전 워너비인데. 부자지, 잘생겼지, 공부 잘하지, 여자들한테 인기 많지, 운동 잘하지, 게다가 인성도 좋다면서요? 선생님들도 다 그 선배 칭찬밖에 안 하던데."

나최상이 말했다. 그 말 그대로 박현수는 귀문 고등학교의 인기 스타였다. 이사장 아들이라는 후광을 제거하더라도 박현수는 그 자체로 능력이 뛰어났다. 사실상 이번 선거 역시 박현수의 당선이 기정사실로 되는 분위기였다.

"나최상. 넌 아직 실감 못 하겠지만 우리 학교에는 세 단계의 계층이 있지. 달마도에도 등급이 있는 것처럼. 뭐, 계급이라 불러도 좋아. 김미래나 나처럼 집에 돈은 없는데 농어촌 전형으로 들어온 애들은 제일 밑바닥이지. 이런 애들은 아무리 노력하고 공부를 잘해도 절대 상위 계층으로 갈 수가 없어요. 그래서 내가 줄곧 수맥만 파는 거야. 아무튼, 그 위가 돈 좀 있는 집안 애들인데, 애들 중에서도 공부를 잘하느냐 못하느냐에 따라 좀 갈리지. 공부도 잘하고 운동도 잘하고 인기 좀 있는 애들 있잖아, 아까 만난 오민우 같은 애. 걔 아빠 엄마가 약사거든. 그런 애들이 딱 중간이야. 그리고 최상위라 할 만한 계층이 있는데 그 계층의 표본이 바로 박현수야. 전교에도 몇 명 없지, 그런 애들은. 걔들은 자기가 힘을 가지고 있단 걸 알아. 그래서 권력을 행사하는 데 거리낌이 없지. 그런데 이런 권력자들한테 잘 보여서 같이 어울린다? 그건 완전히 신분이 바뀐다는 소리야. 그러니 박현수 같은 애들 앞에서는 다들 빌빌거리는 거야. 한편으로는 뒤에서 욕을 하면서. 질투가 나니까. 박현수가 욕먹는 이유는 거기에 있어.”

이례적인 달마의 긴 이야기가 끝나자 마정민이 말했다.

“이제 그 최상위 포식자를 만나러 가볼까?”

“그럼 우리 부장은 어느 위치예요?”

나최상이 달마를 향해 속삭이듯 물었다.

달마는 대답 대신 하늘을 가리켰다.

“네?”

“천상계.”

"그게 무슨⋯⋯."

달마는 얼른 나최상의 뒤를 따랐다.

"넌 안 가니?"

허영서가 최미정을 향해 물었다. 최미정은 미간을 찌푸린 채 가만히 서 있었다. 화가 난 것 같기도 하고, 울고 싶은 것 같기도 한 표정을 하고서.

"가야지."

최미정은 무뚝뚝하게 한마디를 한 뒤 마정민의 뒤를 따랐다.

기호 1번 박현수는 본관 교장실에 있었다.

교장이 오전 내내 회의가 있어 방이 비었다고는 하지만 대단한 특혜가 아닐 수 없었다. 그럼에도 듣는 이에게 특혜라는 느낌이 들지 않도록 하는 게 박현수의 진짜 힘이었다. 이사장 아들인데 그 정도는 괜찮지 않아? 아마 대부분 그렇게 생각할 것이다.

나최상처럼.

"우와. 역시 현수 선배는 스케일이 다른가 봐요. 교장실에서 연습한다니!"

마정민은 문을 열고 들어갔다.

교장실에는 박현수 혼자 있었다. 그것도 교장 의자에 앉아 몸시 여유로운 표정으로 원고를 들여다보는 중이었다.

"어쩐 일이야?"

박현수가 마정민을 힐끗 보고는 물었다.

"별로 안 놀라는군."

"너야 늘 알 수 없는 표정을 하고선 여기저기 기웃거리잖아."

"당선 준비는 잘 돼가?"

"뭐? 하하. 너 그거 방금 농담이라고 한 거지? 근데 그런 식으로 말하면 아무도 안 웃어. 심지어 농담인 줄도 모른다고."

박현수는 목소리마저 좋았다.

"농담 아니었어. 네가 아무리 겸손하게 대처해도 이번에 당선될 걸 부정할 순 없잖아. 그게 잘못된 일도 아니고. 뭐, 그 과정에서 불법적인 일을 하지 않는 이상."

"불법적인 일이라……. 무슨 말을 하고 싶은 거야?"

"김미래가 실종됐어."

박현수는 한동안 말을 하지 않았다. 대신 마정민을 노려볼 뿐이었다. 한참 후 박현수가 다시 입을 열었을 때는 어느새 평소의 표정으로 돌아와 있었다.

"나를 의심하는 거야?"

"알잖아. 나는 아무도 안 믿는다는 거. 다 의심해."

"그래서 너희 미스터리부에다가 최미정까지 다 동원해서 찾아온 거고?"

"네가 아니라면 누가 그랬을지 의견을 들어보고 싶어."

박현수는 드라마 속 실장이나 팀장처럼 과장된 동작으로 양손을 활짝 펼쳤다. 그러곤 말했다.

"이 학교. 귀문 고등학교. 이 학교가 범인인 거야. 설마 너 우리 학교 괴담을 모르지는 않겠지?"

"해마다 학생 한 명이 사라진다는 괴담 맞죠?"

나최상이 불쑥 물었다.

박현수는 이상한 생물이라도 본 듯한 표정을 짓더니 이내 쓱 시선을 돌렸다.

"난 괴담 같은 건 안 믿어. 일종의 미신이야. 학생들 사라진 사례만 봐도 가출이 대부분이고……."

"내가 김미래 실종에 관련이 있다는 가설보다는 괴담 쪽이 훨씬 그럴싸하게 들리는데?"

박현수가 마정민의 말을 잘랐다.

"김미래를 따로 만난 적은?"

마정민은 박현수의 도발에 넘어가지 않았다. 그저 해야 할 말만 할 뿐이었다.

"걔가 실종된 게 확실한 거야? 정말로 실종이라면 왜 경찰한테 신고하지 않고 네가 나서서 돌아다니는 거지? 탐정 코스프

레라도 하고 싶은가 본데 굳이 맞장구를 쳐주자면, 난 김미래가 도망갔다고 생각해."

"이유는?"

"무서워서."

"무섭다고? 누가?"

"회장 선거에 나오고 나서 메일이건 SNS 메시지건 가리지 않고 욕을 보내오는 애들이 생겼대. 사퇴하지 않으면 칼로 얼굴을 그어버리겠다는 협박도 들었다고 했어. 안 그래도 튀어 보이는 애가 튀는 짓까지 한다고 친구들 사이에서도 욕을 많이 먹었다고 하더라고."

마정민은 고개를 돌려 최미정을 바라봤다. 최미정은 말없이 고개를 끄덕였다.

"그러니 선거를 끝까지 치를 용기가 안 났던 거겠지. 그래서 도망친 거야. 어때? 내 추리가 그럴싸하지 않아?"

"네 추리에선 철저하게 자신을 빼놓고 있군. 그래서 김미래를 따로 만난 적은?"

마정민이 다시 묻자 박현수의 표정이 돌변했다. 지금까지는 그래도 웃는 상을 유지했는데 순간적으로 확 구겨졌다.

"왜 나랑 김미래를 엮으려는 거지?"

박현수는 그렇게 말하며 의자에서 일어났다. 185가 넘는 키

로 마정민을 내려다보는 모습이 꽤 위협적이었다. 물론 마정민
은 눈썹 하나 까닥하지 않았지만.

"정보를 들었거든."

마정민이 말했다.

"무슨 정보?"

"김미래가 네 약점을 쥐고 있었다는 정보."

박현수는 대답하지 않았다. 다만 화를 참는 듯 숨을 크게 들
이쉬었을 뿐이었다. 마정민은 물론이고 미스터리부의 다른 부
원들조차 박현수의 눈빛이 흔들린다는 걸 느낄 수 있었다. 박현
수는 들이쉬었던 숨을 다시 길게 내쉰 후 입을 열었다.

"헛소문이라고. 나를 시기하고 질투하는 놈들이 만들어낸 거
짓말. 김미래는 그걸 들고 와서는 내게 사퇴할 것을 종용했어.
난 단칼에 거절했지. 떳떳한 건 나였으니까. 그게 전부야. 그게
끝이라고. 알겠어?"

마지막쯤에는 거의 소리를 질렀다. 나최상은 멀리 떨어져 있
었지만 자기도 모르게 움찔했다.

"알았어. 일단 내 질문은 여기서 끝이야. 혹시 더 할 말 없어?"

마정민이 물었다.

"하아! 이렇게 기분 나쁘게 해놓고 그냥 가시겠다? 마정민 너
조심해. 언제까지 혼자 잘난 맛에 설치고 다녔다간 큰코다칠 거

니까."

마정민은 아무 대꾸를 하지 않다가 교장실을 나오기 전 한마디를 던졌다.

"박현수. 선을 넘지 않기를 바란다. 방금 말은 아슬아슬했어."

최미정은 문이 닫히기 전 분명히 봤다. 천하의 박현수 얼굴이 하얗게 질린 걸.

'마정민, 도대체 정체가 뭐지?'

최미정은 처음으로 그런 의문을 품었다.

"자, 사실만 정리해보지."

마정민은 복도 끝에서 조용히 말했다.

"김미래는 실종됐다. 그곳은 일종의 밀실이었다. 기절시켰다 한들 창고에서 체육관 밖에까지 끌고 가는 건 무리가 있었을 거야. 그랬다면 최미정이 소리를 들었을 테니까."

"맞아."

최미정이 대꾸했다.

"그리고 김미래는 오민우를 만나 통합을 요구했다. 여기서 한가지, 김미래는 왜 그랬을까? 혼자 얻은 정보라면 혼자 까발리면 되는 건데 왜 오민우의 도움이 필요했을까?"

"그, 그만큼 혼자 감당하기 힘든 정보가 아니었을까?"

허영서의 조심스러운 말에 마정민은 즉각 반응했다.

273

"맞았어! 군소 후보 혼자서 처리하기에는 너무 큰 정보였을 거야. 그래서 이번엔 박현수를 찾아갔겠지. 단둘이 만나서는, 이 러이러한 사실을 알고 있으니 사퇴하라고 말했겠지. 그걸 마지 막으로 사라진 거야. 자, 그렇다면 여기서 제일 의심 가는 사람 은 누굴까?"

"박현수."

나최상이 떨떠름한 표정으로 말했다.

"하지만 박현수가 이런 사건을 벌였다면 혹시라도 발각됐을 때 잃을 게 너무 많지 않을까?"

허영서의 말에도 일리가 있었다.

"그건 그 정보라는 게 어떤 건지에 따라 다르겠지. 그래서 말 인데 나는 최미정과 함께 김미래가 얻은 정보가 뭔지 좀 알아볼 테니까 너희 세 명은 다시 체육관으로 가서 거길 지켜줘."

"거길 왜 지켜?"

달마가 물었다.

"누군가가 현장을 훼손하러 올지도 모르거든."

마정민은 그 외에 다른 말은 하지 않았다.

"알았어. 부장이 체육관으로 올 거지?"

"그래!"

마정민은 손을 들어 보인 후 시원하게 돌아섰다. 최미정이 그

274

런 마정민에게 물었다.

"정보를 찾는다더니 어디로 가려고?"

"김미래의 사물함."

최미정은 납득했다는 듯 고개를 끄덕였다. 마정민이 설정한 시간으로는 30분, 그리고 선거는 채 한 시간이 남지 않았다. 그럼에도 마정민은 초조한 구석이 없어 보였다.

김미래의 사물함은 자물쇠가 뜯겨 나간 상태였다.

"한발 늦었어. 부지런한 악당들이군."

말은 그렇게 했지만 마정민은 그리 신경 쓰지는 않는 듯했다.

"혹시 미래 물건 중에 없어진 게 있어?"

"모르겠어. 사물함에 뭘 넣어두는지를 알 정도로 친하진 않았어. 같이 어울리는 사이는 아니었단 말이야. 친했다기보다는 동료 느낌이 강했어. 같은 가치를 가지고 목소리를 높이는 동지."

최미정은 살짝 얼굴을 찡그렸다.

"하긴 김미래는 든든한 우군을 얻어서 좋았고, 넌 단번에 주가를 올릴 수 있어 좋았겠네."

"마정민!"

그렇게 외친 최미정의 뺨이 부르르 떨렸다. 얼굴은 벌겋게 달아올랐다. 마정민은 아랑곳하지 않고 김미래의 사물함을 뒤지기 시작했다. 처음 들렀던 손님이 가져간 탓인지 단서가 될 만한 물건은 보이지 않았다. 교과서와 노트 몇 권이 다였다. 마정민은 노트부터 살펴봤다. 일기장 같은 게 아니라 그야말로 공부에 대한 기록이었다.

"필기를 열심히 하는 학생이군."

마정민은 노트를 넘겨보다가 한 부분에서 멈췄다. 노트 한 장이 3분의 1 정도 찢겨 있었다.

"여기에 뭐가 적혀 있었을까?"

마정민이 물었다.

"몰라."

최미정은 퉁명하게 대답했다.

마정민은 그 찢어진 노트의 전 페이지를 유심히 읽었다. 여러 숫자와 공식들. 수학이었다.

"수학이라……."

여러 교과서 사이에서 수학을 골라낸 마정민은 페이지를 휘리릭 넘겼다. 그중 한 페이지가 저절로 펼쳐졌다. 찢어진 노트가 바로 거기에 접힌 채로 끼어 있었다. 그제야 최미정도 관심을 보였다. 마정민은 접힌 쪽지를 펼쳤다. 거기에는 단 한 줄만 적혀 있었다.

영상을 공개해서 진실을 알려야 해!

"이게 무슨 의미일까?"

마정민이 최미정을 향해 다시 물었다.

"글쎄."

최미정은 토라진 표정을 풀고 쪽지 속 문장을 뚫어지게 바라봤다. 마정민 역시 몇 번이나 읽고 또 읽었다. 직접 쓴 김미래만이 알 수 있고, 김미래 스스로 다짐을 하는 그런 내용이었다. 즉, 배경지식이 없다면 전혀 알 수 없는 문장이기도 했다.

"이 쪽지는 김미래의 실종과 관련이 있어. 알려야 하는 진실이란 건 아마 박현수의 실체일 거야. 그리고 영상은…… 박현수가 저지른 어떤 일이 영상으로 남아 있는 거겠지. 김미래는 적어도 그 영상을 봤거나 아니면 소유하고 있었을 텐데 이 문장으로 봐서는 아마 후자 쪽이 가깝겠어. 영상을 가지고 있는 거지. 우리보다 한발 먼저 여기에 와서 사물함을 뒤진 놈들도 영상을 찾았던 건지도 몰라."

마정민이 말했다.

"어떤 내용의 영상일까? 그리고 미래는 그걸 어디에 저장해 둔 걸까?"

"쉽게 생각해볼 수 있는 건 휴대폰이지. 아니면 USB나. 영상 내용은 짐작도 안 가. 다만 그걸 보면 바로 누군가의 잘못을 알아챌 수 있을 정도로 확실하고 자세하다고 생각하면 되겠지."

"휴대폰……."

"뭐 짚이는 거라도 있어?"

"아니야."

최미정은 서둘러 대답했다.

"김미래는 그야말로 미스터리하게 사라졌어. 아마 휴대폰도 들고 있었겠지. 영상이 휴대폰에 들어 있는 게 확실하다면 김미래를 찾는 건 곧 박현수의 치명적인 약점도 찾는 게 되는 거야. 그렇다는 말은……."

마정민은 거기까지 이야기한 후 말을 끊고 사물함을 다시 바라봤다.

"뭐해?"

최미정이 물었다.

"미래는 머리카락이 짧지? 검은색인 데다가."

마정민은 사물함 바닥에서 갈색으로 염색한 긴 머리카락 한 가닥을 집어 올렸다.

"맞아. 단발보다 더 짧지. 그리고 알잖아. 우리 학교 염색 금지인 거."

역사와 전통을 자랑하는 귀문 고등학교는 그 고풍스러운 건물 외관만큼이나 교칙도 엄하고 낡았다. 염색 금지도 그 교칙 중 하나였다. 아무리 약한 염색이라도 걸리면 벌점을 받았다. 물론 그럼에도 당당하게 하고 다니는 학생들도 있었지만, 학생 회장 후보는 꿈꿀 수 있는 일이 아니었다.

"이 정도로 진한 염색은 학생들 사이에선 못 봤어. 혹시 선생님 중에는 어떨까?"

"머리카락이 길고 갈색으로 염색한 사람이라……."

순간 두 사람은 동시에 외쳤다.

"보건 선생님!"

"보건!"

보건 선생인 이은실은 허리까지 오는 긴 머리로 유명했고, 진한 갈색 염색까지 해서 여학생들의 부러움을 샀다.

"사물함 문을 급하게 닫다가 문틈에 머리카락이 끼어서 빠진 거라면?"

마정민이 몇 십 센티미터는 족히 되어 보이는 머리카락을 들여다보며 말했다.

"근데 보건 선생님이 왜 미래 사물함을……."

"그거야 직접 가서 물어보면 되지 않을까?"

마정민은 그렇게 말한 후 앞서 걷기 시작했다.

"어디 가려고?"

"가보자. 보건실."

"엘로드가 요동치는 게 아무래도 심상치 않은 일이 일어날 것 같아."

달마가 빙글빙글 돌아가는 L자 막대를 보며 중얼거렸다.

달마와 허영서, 그리고 나최상은 체육관 창고에서 마정민을 기다리고 있었다. 달마는 여전히 엘로드와 교감 중이었고 허영서는 언제부터 들고 있었는지 『UFO가 오고 있다』는 제목의 작은 책을 읽는 중이었다.

나최상만 창고는 물론이고 체육관 구석구석을 살피며 아무도 듣지 않는 나름의 추리를 풀어냈다.

"그러니까요, 제 생각은 이거예요. 좀 오싹한 이야기이긴 하지만 미래 선배는 그 괴담의 희생자가 된 거죠. 귀문 고등학교에서는 매년 한 명씩 실종된다. 어느 날 갑자기 사라져서는 다시 돌아오지 않는다. 어때요? 지금 상황과 완전 비슷하잖아요! 작년에도 그런 사건이 있었다면서요?"

"뭐, 여학생 한 명이 실종되긴 했는데 결국 가출로 밝혀졌지."

달마가 엘로드에 집중한 채 건성으로 대답했다.

그때였다. 고장 난 체육관 문이 비명을 지르며 열렸다. 나최상은 문을 바라봤다.

"부장 온 거야?"

창고 안에서 허영서가 물었다.

"아, 아뇨. 그게……."

체육관으로 들어온 사람은 둘이었다. 둘 다 날씨에 어울리지 않게 짙은 색 정장 차림이었다. 그중 한 명은 대형 트렁크를 끌고 있었다. 털털털. 바퀴 굴러가는 소리가 제법 크게 울려 퍼졌다.

"그럼 누군데?"

그렇게 물으며 창고에서 나온 허영서의 표정이 순간 굳었다.

"우리 학교 사람들 같진 않죠?"

나최상이 물었다.

"아저씨들, 누구세요? 여기 학생들이랑 선생님 아니면 못 들어와요."

허영서가 말했지만 의문의 2인조는 멈출 생각이 없어 보였다. 다가올수록 커다란 덩치와 그에 어울리는 험악한 인상이 돋보였다. 물론 이 날씨에 저런 정장을 입어야 한다면 인상을 쓸 수밖에 없겠지만.

"들어가자!"

허영서는 나최상을 잡아끌고는 창고로 들어갔다. 그 순간 남자들이 달리기 시작했다. 보폭이 워낙 커서 순식간에 창고까지 도착했다. 허영서는 재빨리 문을 닫은 뒤 자물쇠를 채웠다. 동시에 문손잡이가 마구 돌아갔다.

"으악!"

놀란 나최상이 소리를 질렀다.

"무슨 일이야?"

달마가 벌떡 일어났다. 들고 있는 엘로드는 헬리콥터 프로펠러처럼 미친 듯이 돌아가고 있었다. 머리에 대면 하늘을 날 수 있을 것만 같았다.

"이상한 사람들이 체육관으로 들어왔어."

허영서의 말에 달마는 휴대폰을 꺼내 들었다.

"아! 여기선 먹통이네."

허영서와 나최상의 휴대폰도 마찬가지였다. 통화는 물론이고 데이터도 쓸 수가 없었다. 나최상은 울 것 같은 표정이었다. 그때까지 철컥거리며 계속 돌아가던 손잡이가 움직임을 멈췄다. 세 사람은 동시에 문을 바라봤다.

"학생들, 듣고 있지?"

거칠고 걸걸한 목소리로 애써 밝게 말하자 그게 더 소름 끼쳤다. 셋 중 누구도 대답하지 않았다.

"듣고 있는 거 다 알아. 아저씨들이 거기서 잠깐 확인할 게 있으니까 문 좀 열어줄래?"

"싫어요! 신고할 거니까 빨리 가세요."

허영서가 소리쳤다.

"아까 다 들었어. 전화, 먹통이라며."

"그럼 소리 지를 거예요!"

"그전에 아저씨들이 문 부수고 들어가면 너희들 큰일 나."

웃음기 띤 말투였지만 충분히 위협적이었다.

"어떡해요?"

나최상이 물었지만 누구 하나 선뜻 대답하지 못했다. 저 무섭게 생긴 남자들이 왜 창고로 들어오려 하는지조차 모르는 상황이었다. 게다가 커다란 트렁크를 끌고서.

쿵!

갑자기 들려온 소리에 셋은 깜짝 놀랐다. 특히 나최상은 오줌을 지린 게 아닐까 싶을 정도로 얼굴빛 자체가 변했다.

남자들이 문을 부수려 하고 있었다.

보건실에는 마침 이은실 선생이 있었다. 마정민과 최미정이 동시에 들어가자 이은실 선생은 수상쩍다는 표정으로 바라봤다.

"무슨 일이니?"

이은실 선생은 갈색빛의 긴 머리카락을 쓸어넘기며 물었다.

"김미래 사물함은 왜 뒤졌어요?"

"뭐?"

마정민은 이번에도 직진이었다. 이은실 선생은 머리를 넘기던 그 자세 그대로 굳어서 한참 동안 마정민을 바라봤다.

"방금 확인하고 왔어요. 선생님이 거길 뒤졌다는 결정적인 증거를 남기고 왔던데요."

그 증거가 머리카락 한 가닥이라는 말은 쏙 뺐다.

"난…… 네가 무슨 말을 하는지 모르겠네."

이은실 선생은 어색하게 웃으며 재빨리 돌아서서 뭔가를 정리하는 시늉을 했다.

"김미래라는 학생이 실종됐어요. 알고 계세요?"

마정민이 다시 말했다.

"실종?"

그렇게 물으며 고개를 돌린 이은실 선생의 표정은 이미 하얗게 질린 상태였다.

"교내에서 학생이 실종됐으니 금세 소문이 퍼지고 경찰도 올 거예요."

마정민이 말했다.

"나, 나는 아무 상관이 없으니까……."

이은실 선생의 목소리가 떨렸다.

"어쩌면 죽을지도 몰라요."

"뭐?"

최미정이 이은실 선생보다 먼저 반응했다.

"생각해봐. 이 더위에 정신을 잃고 어딘가에 갇혀 있기라도 한다면 탈수로 죽을 수도 있잖아. 그러니……."

마정민의 말이 채 끝나기도 전에 이은실 선생이 외쳤다.

"그, 그게 무슨 소리니? 나는 계산을 정확하게 했다고!"

마정민은 가만히 듣고만 있었다. 이은실 선생은 거의 머리카락을 쥐어뜯듯 계속 쓸어넘기며 안절부절못했다.

"딱 세 시간 기절할 정도의 양이었어. 내가 직접 계산을 했다고! 그냥 푹 자고 일어나면 될 정도였다고. 그 정도면 된다고 들었단 말이야! 클로로폼은 양만 잘 조절하면……."

"누가 그런 지시를 했죠?"

"이사장님이지 누구긴 누구야!"

신경질적으로 말을 뱉어낸 후 이은실 선생은 입을 가렸다. 그제야 자신이 실수했음을, 너무 많은 말을 해버렸음을 깨달은 듯했다.

"그러니까 이사장이 직접 지시를 했다 이거죠? 학생회장 후보 기호 3번 김미래를 클로로폼으로 기절시켜라. 맞나요?"

"아, 아니. 내가 뭘 잘못 생각했나 봐. 너무 더워서 헛소리가 나왔는데……."

"사실 전부 녹음하고 있었어요."

마정민은 자신의 휴대폰을 꺼내 보여줬다. 이은실 선생은 아까보다 더 흙빛이 되어 비틀거리기까지 했다.

"아니야. 난 아니야. 난 그저 과학 선생한테 그걸 받아서 양만 조절했을 뿐이야! 양만 조절해서 체육관 화장실에 뒀을 뿐이라고."

새로운 인물이 또 등장했다.

"과학 선생이라면 3학년 담당 최민석 선생님이겠군요. 그쪽도 유명한 이사장 라인이니까요."

귀문 고등학교 이사장, 즉 박현수의 아버지인 박행만은 야심가에다가 성격 더럽고 권력욕이 강하기로 학생들 사이에서도 유명했다. 다른 선생님은 물론이고 교장에게도 소리를 지르는 모습이 몇 번이나 목격되고는 했다. 그런 박행만의 부하 노릇을 자처하는 자가 몇 있었으니 최민석 선생도 그중 하나였다.

"이게 다 무슨 말이야?"

최미정이 떨리는 목소리로 물었다.

"퍼즐 조각이 맞춰졌어. 이제 증거만 찾으면 돼."

마정민은 그 말을 한 후 돌아섰다.

"얘들아. 김미래 걔가 진짜로 죽은 거야? 응? 난 그냥 약만 준비했다니까? 사물함도 이사님이 시켜서 열어본 거야. 근데 아무것도 없었어. 그, 그러니까 난 잘못이……."

이은실 선생이 울먹이면서 말했다.

"부활할 거예요."

마정민은 무표정하게 이은실 선생을 바라봤다.

"응?"

"제가 되살릴 거라고요. 그것도 가장 극적인 방식으로."

마정민이 먼저 보건실을 나갔고 최미정도 서둘러 그 뒤를 따랐다.

"어떻게 된 거야? 자세히 설명 좀 해봐."

마정민은 최미정을 힐끔 본 후 희미하게 웃었다. 거의 최초로 드러난 표정이었다.

"정신 나간 어른들이 한둘이 아니란 거지. 김미래가 입수한 동영상에는 이사장 아들에게 치명적인 내용이 들어 있는 거야. 그러니 그걸 뺏거나 아니면 적어도 김미래가 그걸 가지고 회장 선거에서 공개해버리는 건 막으려 했던 거지. 그래서 일단 기절시켰어. 없애버리는 건 나중에 해도 되니까."

"너, 너무 무섭다."

최미정은 진짜로 손을 벌벌 떨었다. 진정이 되지 않는 듯 호흡도 불규칙했다.

"자, 이제 체육관으로 돌아가자. 내 예상이 맞는다면 지금쯤 우리 부원들은 꽤 고생하고 있을 테니까."

"그, 그건 또 무슨 소리야?"

마정민은 대답하지 않고 휴대폰을 들었다. 그러고는 거침없이 '112'를 눌렀다.

문에 구멍이 뚫리기 시작했다. 뚫린 구멍 사이로 보기에는 소화기를 들고 내리찍는 것 같았다.

"저 사람들이 뭘 찾으려고 저러는 걸까?"

허영서가 물었다.

"여기 돈이라도 숨겨놓은 거 아닐까? 그렇지 않고서야 대낮에 학교 체육관에 들어와서 이렇게 난리를 피우진 않을 것 같은데."

달마는 이제 엘로드를 집어넣었다. 대신에 양손을 계속 비비고 있었다.

"돈이면 우리 나가고 나서 찾아도 되죠! 저 사람들은 지금 시간이 없는 거예요. 지금 못 찾으면 자기들이 죽는 거라고요."

나최상은 뜀틀 위에 앉아 다리를 가슴까지 끌어당기고는 훌쩍거렸다.

"그러니까 그게 뭐냐고?"

"어떻게 알아요. 제가 부장도 아니고."

"부장은 도대체 언제 오는 거야?"

달마가 초조한 듯 외쳤을 때였다. 쾅! 문에 커다란 구멍이 뚫리는 것과 동시에 바로 그 소리, 체육관 문이 으르렁거리며 열리는 소리가 들렸다.

"으악!"

"왔다!"

나최상은 비명을 질렀고 허영서는 벌떡 일어났다. 뻥 뚫린 구멍으로 남자들 모습이 보였다. 뒤를 돌아보는 중이었다.

"학생. 표지판 세워놓은 거 못 봤어? 지금은 체육관 출입금지야."

남자 중 한 명이 소리쳤다. 그의 시선이 향한 곳에 마정민이 서 있었다.

마정민은 곧장 체육관 구석에 있는 밀대걸레를 집어 들었다. 그러고는 걸레 부분을 빼고 봉만 챙겼다.

"어쩌려고? 그냥 선생님 부르자."

최미정이 겁에 질린 표정으로 말했다.

"괜찮아. 경찰 올 때까지 시간만 좀 끌면 돼."

마정민은 목검처럼 봉을 잡고는 남자들을 향해 다가갔다.

"어쭈? 지금 뭐 하는 상황이지?"

남자들은 가소롭다는 듯 피식 웃었다.

"부장! 빨리 신고부터 해!"

허영서가 창고 안에서 소리쳤다.

"이미 했어. 지금 오고 있을 거야."

그 말에 남자들 표정이 변했다. 그나마 싱글거리던 모습은 사라지고 싸늘한 눈매가 되어 마정민을 노려봤다.

"시간이 없어서 오래 놀아주지도 못하겠네. 야. 넌 창고 쪽 해결해. 난 저 애새끼 조질 테니까."

"알았어."

트렁크를 끌고 왔던 남자가 고개를 끄덕이고는 뚫린 창고 문 안으로 손을 쑥 집어넣었다.

"으악!"

나최상이 비명을 질렀다.

줄곧 떠들던 남자가 마정민을 향해 달려왔다. 마정민은 멈춰섰다. 그러고는 호흡을 가다듬었다.

남자가 자신의 거리 안으로 들어왔다고 판단한 순간, 마정민이 번개처럼 움직였다.

딱!

마정민은 경쾌한 소리와 함께 대걸레로 남자의 머리를 치고 지나갔다. 빠르고 정확한 솜씨였다. 남자는 머리통을 비비며 주저앉았다. 마정민은 자비 없이 다시 대걸레를 휘둘렀다. 머리, 어깨, 등을 사정없이 내려쳤다. 남자는 반격도 못하고 맞고만 있었다.

마정민이 자신의 검도 기술을 마음껏 발휘하고 있을 때 창고 안의 세 명도 반격에 들어갔다. 남자가 들어오자마자 공을 던지기 시작한 것이다. 농구공, 배구공, 축구공 할 것 없이 잡히는 대로 남자를 향해 던졌다.

"이 자식들이!"

남자는 큰 소리로 위협만 할 뿐 좀처럼 다가오지 못했다. 팔을 들어 얼굴을 가리기 바빴다. 달마는 그런 남자의 급소를 노리고 힘껏 농구공을 던졌다. 퍽! 급소를 맞은 남자가 얼굴을 찡그리며 상체를 숙였다. 남자의 커다란 덩치는 좋은 표적이었다. 달마가 다시 한번 회심의 일격을 날려 남자의 머리를 농구공을 맞춘 순간 운동장 쪽에서 사이렌 소리가 들렸다.

"경찰이다!"

나최상이 외쳤다.

사이렌은 점점 가까워졌다.

"야. 빨리 튀어!"

마정민과 싸우던 남자가 소리를 질렀다. 창고 안의 남자는 비틀거리며 나가다가 자기 발에 걸려 넘어졌다. 그사이 체육관 문이 열리며 경찰 두 명이 들어왔다.

"경찰관님. 저 사람들이에요. 저 아저씨들이 행패를 부렸어요!"

어느새 대걸레를 내려놓은 마정민이 애원이라도 하듯 경찰을 붙잡고 다급하게 말했다. 그러면서도 여전히 무표정했지만 경찰은 눈치채지 못했다.

"어이. 거기 두 사람 여기 와봐요. 도대체 무슨 목적으로……."

경찰이 손을 까딱거리며 둘을 부른 순간 마정민에게 대차게 맞았던 남자가 도망치기 시작했다. 나머지 남자도 벌떡 일어나 덩치에 어울리지 않게 재빠른 동작으로 체육관 문을 향해 달렸다.

"거기 서!"

경찰들은 남자들을 쫓아 밖으로 달려 나갔다. 바로 그때였다.

삐삐삐!

마정민이 맞춰 놓은 알람이 울리기 시작했다. 추리 시간이 끝났다는 신호였다. 모두 마정민을 바라봤다. 마정민은 대걸레를 휘두르느라 삐져나온 셔츠를 집어넣으며 크게 외쳤다.

"깨어났으면 빨리 나와."

그 말과 동시에 뜀틀이 저절로 움직였다. 첫 번째와 두 번째 칸이 바닥으로 떨어지는 걸 마정민을 제외한 모든 사람이 멍하니 바라봤다.

잠시 후 뜀틀 안에서 누군가가 모습을 드러냈다.

김미래였다.

순간, 최미정이 달아나려 했다. 마정민이 한발 빨랐다.

마정민은 최미정의 팔을 붙잡고 속삭이듯 물었다.

"왜 김미래를 배신했지?"

경찰이 남자 둘을 추격전 끝에 잡는 극적인 상황 속에서도 회장 선거는 치러졌다. 김미래가 헝클어진 머리를 다듬고 옷매무새를 정리한 후 휴대폰까지 챙겨 대강당에 도착하기까지는 채 30분이 걸리지 않았다.

멀쩡한 모습으로 나타난 김미래를 보고 박현수는 놀란 표정을 감추지 못했다.

"너, 너 어떻게……."

김미래 옆에 서 있던 마정민이 여전히 무표정한 얼굴로 말했다.

"부활했어. 멋지게."

그때쯤 전교생이 강당 안으로 들어오기 시작했다. 이사장은 물론 외출하고 돌아온 교장도 모습을 드러냈다. 강당은 금세 다 찼다.

"이걸 연결하면 휴대폰에 있는 영상을 큰 모니터로 볼 수 있을 거야."

달마가 김미래에게 연결선을 내밀었다. 달마는 수맥뿐만 아니라 전자 기기 쪽에도 조예가 깊었다.

"자, 판은 깔렸으니까 잘해봐."

마정민은 김미래를 향해 말했다.

고개를 끄덕인 김미래는 곧장 단상으로 다가가 마이크에 대고 또박또박 말했다.

"안녕하십니까? 기호 3번 김미래입니다. 원래는 제 순서가 아니지만 특별히 두 후보에게 양해를 구해 제가 먼저 마지막 연설을 할까 합니다."

박현수와 오민우는 당황한 표정을 지었지만 딱히 반대하지는 않았다.

"저는 많은 말을 하지 않겠습니다. 그 이유는 이 선거보다 훨씬 중요한 사안에 대해 고발하고자 이 자리에 섰기 때문입니다. 지금부터 동영상 하나를 보여드리겠습니다. 충격적인 장면이 있으니 주의해주세요. 다만 동영상 속 등장인물의 얼굴은 똑똑히 봐주시기를 바랍니다."

김미래는 그렇게 말한 후 크게 숨을 한 번 쉬고 휴대폰을 조작했다.

곧 강당의 대형 스크린에 비교적 깨끗한 화질의 동영상이 떴다. 학생들은 물론이고 선생들까지 동영상에 집중했다.

잠시 후, 누군가가 숨을 삼켰다.

"헉!"

그 소리가 모두의 감상을 대신해 주고 있었다.

동영상은 그만큼 충격적이었다.

영상 속에서는 파티가 한창이었다. 쿵쿵거리는 시끄러운 음악이 흘러나왔고 테이블 위에는 양주에서 맥주까지 각종 술이 가득했다.

웃고 떠들면서 그 술을 마시는 사람들은…… 모두 귀문 고등학교 학생들이었다. 그것도 학교 먹이사슬의 정점에 서서 자신들만의 세계에서 살아가는 아이들. 그들은 당당히 교복까지 입고 있었다. 게다가 파티가 벌어지는 장소는 이사장실이었다. 화면 한쪽 구석에 '이사장 박행만'이라고 적힌 명패가 보였다.

카메라 앞으로 누군가가 불쑥 얼굴을 들이밀었다.

박현수였다.

잔뜩 취한 박현수는 희죽거리며 입을 열었다.

"야! 잘 찍고 있지? 그럼 지금부터 이 몸께서 친히 선물을 하사하겠다. 으하하."

박현수의 말이 떨어지자마자 모두 환호성을 질렀다. 그다음에는 더 믿기 힘든 광경이 펼쳐졌다.

박현수가 누군가에게 신호를 보내자 테이블 위에 작은 가방

하나가 올려졌다. 순간 그 자리의 모든 학생들이 뚫어져라 가방을 바라봤다.

"이게 이번에 미국에서 넘어온 건데……."

박현수는 그 말과 함께 가방을 열었다. 가방 안에 든 물건이 똑똑히 보였다. 흰색 가루가 든 봉지, 그리고 주사기들.

"자자, 빨리 세팅하고 한 대씩 하자고."

박현수는 그렇게 말하며 교복 소매를 걷어 올렸다. 다른 아이들도 주사기를 하나씩 차지했다.

"야! 우리 이러는 거 너희 아버지가 아시면 어쩌냐?"

화면 밖에서 누가 박현수에게 물었다.

"우리 꼰대? 이미 알고 있지. 크크크."

박현수는 배를 잡고 웃었다. 그러더니 또 다시 외쳤다.

"자, 진짜 파티 시작!"

그 이후의 장면은 충격적인 것을 넘어 끔찍해 보일 정도였다. 박현수를 비롯해 다른 아이들 모두 해괴한 표정으로 노래를 부르고, 욕을 하고, 옷을 벗고…….

"그만!"

누군가가 큰 소리로 외쳤다. 박현수의 아버지이자 이사장인 박행만이 벌떡 일어났다. 그걸 본 김미래가 동영상 재생을 중지했다.

강당 안은 술렁이기 시작했다. 박현수의 얼굴에는 핏기가 가셨고, 박행만은 일어선 채로 아예 눈을 꾹 감아버렸다.

"와! 부장은 저런 영상일 거라 예상했어?"

허영서가 물었다.

"아니. 저 정도일 줄은 몰랐어. 다만 박행만 이사장이 불법적인 일을 하면서까지 이 동영상이 퍼지는 걸 막으려 한 걸 보고는 박현수와 관련이 있을 거로 생각했지."

"그러니까 이사장은 아들이 저런 짓을 한다는 걸 알고서도 모른 척한 거네!"

달마의 말에 마정민은 고개를 끄덕이며 덧붙였다.

"이 사실이 알려지면 아들은 물론이고 자기도 곤란해지니까 무작정 덮으려고만 했겠지."

결국 또 다른 경찰이 출동해 박현수와 박행만 부자는 물론이고 영상에 나온 학생들까지 끌고 나가는 것으로 사태는 마무리가 되었다. 그렇지만 선거를 계속할 상황은 아니었다. 교장이 단상에 올라 떨리는 목소리로 사과의 말을 전한 후 오늘은 모두 돌아가라고 이야기했다.

학생들은 웅성거리면서 강당을 빠져나갔다.

김미래는 그제야 주저앉았다. 다리가 풀린 것 같았다.

"수고했어."

마정민이 김미래의 어깨를 두드렸다.

"미정이는?"

"최미정은 물론이고 보건실의 이은실 선생님, 그리고 과학 담당 최민석 선생님도 이미 경찰차에 타고 있어. 박현수와 이사장까지 잡혀갔으니 이제 본격적인 수사가 시작되겠지."

마정민이 말했다.

"내가 뜀틀 안에 있다는 건 어떻게 안 거야?"

"짐작일 뿐이었어. 발자국을 발견했거든."

"발자국이요?"

나최상이 끼어들었다.

"마침 체육관 바닥에 왁스 칠을 새로 해서 비교적 선명하게 발자국이 남아 있었지. 그런데 미래 것으로 짐작되는 제일 작은 발자국은 들어간 흔적은 있는데 나온 흔적이 없었어. 그렇다는 건 창고 안 어딘가에 있다는 말이잖아. 게다가 그 당시에는 우리를 제외하고 최미정의 발자국뿐이었지. 난 기본에 충실했을 뿐이야. 범죄 현장에 두 사람밖에 없었다면 그중 한 명이 범인이다. 그래서 가설을 세운 거야. 최미정이 널 기절하게 만들어서 어딘가에 숨겨놓았다. 그런데 창고 안에는 숨길 곳이 뜀틀뿐이었거든. 그래서 급하게 메모를 한 다음에 넘어지는 척하며 뜀틀 안으로 쪽지를 집어넣은 거야."

"맞아. 깨어나 보니 그 쪽지가 있었어. 구하러 올 테니 나오지 말고 숨어 있으라는 쪽지."

"그럼 부장은 처음부터 모든 걸 알고 있었던 거네?"

허영서가 감탄했다.

"불확실하지만 도박을 걸어볼 만한 짐작이었지. 결정적으로 보건 선생님을 만나서 힌트를 얻었어. 이건 각자의 역할만 하게 만들어서 무슨 일인지 전모를 파악하기 힘들 게 만든 범죄라는 걸. 과학 선생님은 클로로폼만 준비해서 보건 선생님에게 줬지. 보건 선생님은 그걸 체육관 화장실에 가져다 놨어. 양을 조절해서. 그리고 최미정은 그 클로로폼을 들고 미래를 기절시킨 후 뜀틀 안에 넣어둔 거야. 각자 그 일만 한 거지. 마지막은 아마 그 남자들이 담당했을 거야."

"그 사람들…… 날 어쩌려고 했을까?"

김미래가 물었다.

"이제 끝난 일이야. 더 생각할 필요없어."

마정민의 말에 김미래는 고개를 끄덕였다. 그러고는 조용히 물었다.

"미정이는 왜 그런 거래?"

"이 일만 하면 박현수가 자기 그룹에 끼워주겠다고 했나 봐. 즉, 신분 상승을 노렸던 거지."

"하아. 고작 그 정도 일로……. 근데 사건 의뢰는 또 왜 했대?"

"자신이 일을 성공시켰다는 걸 알려야 하니까 우리를 이용하려 했던 거지. 경찰은 부담스럽고 미스터리부라면 딱 알맞으리라 생각한 거야."

"자기 무덤을 판 거네."

김미래가 한숨을 푹 쉬며 말했다.

그때 선생들과 한쪽에서 심각한 표정으로 이야기를 나누고 있던 교장이 김미래를 불렀다.

"미래 학생. 나랑 이야기 좀 하지."

"다녀와. 교장 선생님은 좋은 사람이야."

마정민이 말하자 김미래는 일어섰다.

"고마워. 너희 모두."

김미래는 희미하게 웃었다.

"참! 이번엔 내가 질문 하나 할게. 그 동영상은 도대체 누구한테 받은 거야?"

마정민이 물었다.

김미래는 무대에서 내려가며 대답했다.

"몰라. 얼마 전에 내 휴대폰으로 메시지가 왔는데 발신 번호는 없고 '이걸 잘 부탁한다'는 말과 함께 이니셜만 찍혀 있었어."

"이니셜?"

"응. JGN이었어."

김미래는 그 말과 함께 강당 밖으로 나갔다. 남은 건 미스터 리부뿐이었다.

"오늘은 선거 때문에 오전 수업도 없었는데 오후도 이렇게 날아가 버리네요."

나최상이 말했다.

"좋잖아. 덕분에 짜릿한 모험도 하고! 하하."

허영서가 호탕하게 웃었다.

"전 이런 경험이라면 두 번 다시 싫어요. 그런데 우리 학교 괴담과는 진짜 아무 연관이 없는 거예요? 올해는 아직 사라진 학생이 없잖아요. 괴담이 진짜라면 지금쯤 실종사건이 벌어져야 하는데."

나최상은 미련이 남는 듯 또 괴담 이야기를 꺼냈다.

"그런 일이 안 생겨야겠지만 만에 하나 또 누가 사라진다면 그때도 우리가 나서야지. 후후."

달마가 다시 엘로드를 꺼내며 말했다.

그때였다. 마정민의 얼굴이 갑자기 환하게 변하는가 싶더니 아예 웃기 시작했다. 모두 깜짝 놀라 마정민을 바라봤다.

"부장! 괜찮아?"

마정민은 대답 대신 하하하, 소리까지 내며 한참을 웃었다.

그러고는 혼잣말처럼 중얼거렸다.

"JGN. 알겠어. 누군지 알겠다고."

"누군데?"

달마가 물었다.

"전가능. 그 선배가 틀림없다고."

그렇게 말하는 마정민은 몹시 즐거워 보였다.

귀문 고등학교
미스터리 사건 일지

초판 발행 2020년 07월 20일

초판 12쇄 2024년 11월 20일

저자 김동식, 조영주, 정명섭, 정해연, 전건우

발행인 이진곤

발행처 블랙홀

출판등록 제 25100-2015-000077호(2015년 10월 26일)

주소 경기도 파주시 문발로 405 제2출판단지 활자마을

전화 02-338-0092

팩스 02-338-0097

홈페이지 www.seentalk.co.kr

E-mail seentalk@naver.com

ISBN 979-11-88974-37-5 44800

979-11-956569-0-5 (세트)

이 도서의 국립중앙도서관 출판예정도서목록(CIP)은 서지정보유통지원시스템 홈페이지
(http://seoji.nl.go.kr)와 국가자료공동목록시스템(http://www.nl.go.kr/kolisnet)에서
이용하실 수 있습니다.(CIP제어번호: CIP2020028022)

블랙홀은 **씨앤톡**의 자매 회사입니다.